沐 雪

⦿ 吴乂洛 著

新疆生产建设兵团出版社

图书在版编目(CIP)数据

沐雪 / 吴又洛著. -- 五家渠：新疆生产建设兵团出版社，2020.8（2024.4重印）
（绿洲文库）
ISBN 978-7-5574-1413-9

Ⅰ. ①沐… Ⅱ. ①吴… Ⅲ. ①散文集—中国—当代 Ⅳ. ①I267

中国版本图书馆CIP数据核字（2020）第125542号

沐雪

出版发行		新疆生产建设兵团出版社
地　　址		新疆五家渠市迎宾路619号
邮　　编		831300
电　　话		0994—5677185
发　　行		0994—5677116
传　　真		0994—5677519
印　　刷		永清县晔盛亚胶印有限公司
开　　本		32开
印　　张		9.125
字　　数		140千字
版　　次		2020年8月第1版
印　　次		2024年4月第3次印刷
书　　号		ISBN 978-7-5574-1413-9
定　　价		38.80元

序:雪花开始

世间很多事起于机缘巧合,而落在相会必定有时。我与又洛素未谋面,也很可能相逢而不相识。但是对于这个名字,却并不陌生。作为报社主要领导和《兵团日报》的《国学兵团》栏目的创始人,这个栏目我是每期必看,并且都会认真核阅。又洛常常投来稿子,而且多是古文,其中《建党九十八周年赋》《建军赋》我还专门作过修改。我曾向编辑打听,才知又洛是位不到三十岁的年轻人,在办公厅任职,国学底蕴深厚,诗词赋俱佳。从此,我开始关注这个名字,并希望有机会认识这位年轻人。又洛在书中第四章第三篇《元礼仙舟行色好 子猷雪棹去心轻》中引用了《世说新语》里面"宾主不交一言"的故事,对于文章的赏鉴,就像王徽之和桓子野那样,是一种纯粹的欣赏或喜欢,就像书中所说:"这是一种多么高级的友谊!这是一种多么神圣的相交!一切只因为音乐,一切只为了音乐……这样的欣赏是干净的、清爽的、纯粹的、高贵的、脱离低级趣味的,也是属于那个名士时代的永远的纪念。"这样说来,对于又洛,也算是早已熟知了。这次又洛请我作序,我当然欣然应允了。

中国拥有悠久灿烂、源远流长的优秀传统文化,这是时代发展的一种强大推动力。作为当代人,其日常思维方式、行为举止、价值追求,或多或少都会打上中华传统文化的烙印。现在喜欢国学喜欢古文的人日渐增多,在年轻人中"汉服热""古风热"渐渐兴盛,又洛就是这样一个颇为喜欢古文的年轻人,这一点在《沐雪》这本书中也可以充分显现。这是一本角度比较有趣的书,整本书围绕一个"雪"字来写,仅从形式上来看,雪开六瓣,书分六章,在全书65篇文章中,每个章节每篇文章都用一句历代诗人吟咏"雪"的诗句点题开篇,用心之细致,布局之周详,由此可见一斑。这又是一本充满感情的书,字里行间可以看出对于"雪"的喜爱和思考,既有流于心声的清词丽句,也有旖旎绚丽的华彩篇章,更有翔实丰富的文献史料,尤其是很多诗句点缀其间,既增加了文章的灵动感,又产生一种阻力之美,以防止陷入平易流滑,使人初读之下有一种人为设置的"拗折"阻力,细细咀嚼,却是别有一番耐人寻味的余韵悠长,是在保持形式美的情况下做到了兼顾内涵美的。

全书虽然以"雪"为题,却并不仅仅局限于就"雪"论"雪",而是以雪为圆点和中心,向文史哲各个方面挥发拓展。历代诗人是站在不同的角度来看待"雪"的,所以虽然以历代咏雪诗句作为篇名,但是每一篇都是不同的主题和内容。而且历代咏雪诗众多,作者也在这其中作了有意筛选,以类聚,以群分,分别归入不同的章节中。此书在化用前人诗句时尽量做到了"锻炼无痕",而在行文落笔中常常会闪现自己的见解和思考,比如生活的品质与追求,人际交往的价值与尺度,生命的意义与追逐,皆有可圈可点之处。从"晚来天欲雪"到"终南望余雪",六个章节可以用"盼雪""赏雪""品雪""悟雪""边雪""融雪"来概括,章与章之间是递进而流动的,情感的浓度是由无到有,由浅到深,由悟言一室到策马边关,由涓涓细流到茫茫江河,最后戛然一声,雪融文终。文中的雪,有文人雅趣,有将相胸襟;有儿女情长,有英雄热泪;有莼鲈之思,有卫霍功勋。雪中的文,有西方哲思,有诗意栖息,有儒学理念,有道家风骨,有禅宗逸趣。又洛找到了一种传统文化的"正确打开方式",在一定意义上讲,《沐雪》使传统文化的形态实现了丰富和再造,书中的雪已经不再是简单的古人眼中的自然的雪,又洛赋予了它多姿多彩的现代生活和当代人特有的社会和哲学思考,使我们能够畅游在传统与现实之间,在传统中感悟当代人的审美情趣、伦理思考、价值观念和时空想象,在现实中又看到古人的传统习俗,生活方式、思维方式和精神图腾,这确实不是一件容易的事情。又洛虽然年轻,但涉猎广泛,功底深厚,他因枝以振叶,沿波以讨源,书中确有真知灼见,不时闪烁出智慧之光。

由于用典和诗性的诠释,书中的语言多了几分典雅整饬,但作者取譬用事信手拈来,遣词造句巧慧得体,尽量使那些古典的思绪在表述出来的时候,显得通俗易懂,做到"语不甚深,言不甚俗"。就像明代谢榛《四溟诗话》里品论《古诗十九首》那样"若秀才对朋友说家常话,略不作意"。从中,可见又洛对传统文化的独到感悟以及超出常人的文字驾驭能力,这是坚持博览笃学所致的境界。

在今天,随着的物质生活日渐发达,人们对精神文化的要求也日渐提高。从传统文化中发掘智慧,寻找属于那个时代的精华又能启发和激励当代,并且能够向世界展现中华文明的中华新文化,是一件意义深远的事情,又洛在这方面作了可喜的探索。文化成就未来，遗产不可忘怀。这本书的出版，对于我们传承优秀传统文化，感受源远流长的民族精神无疑具有十分积极的意义。

这本书有青春之感和青年之思，在意识、情感、精神、性格方面的表达，让我们感受到年轻人特有的活力、远大的襟怀和生活的情韵，体现出又洛对中华文化的自信。对于写作，又洛是敬畏的、热忱的，也是勤奋的，希望又洛以此为起点，以更大的敬畏、热忱和勤奋，创作出更多的形式新颖、思想深刻、读者喜闻乐见的好作品。

王瀚林2020年3月于海南

目 录

001　序：雪花开始
001　自序：沐雪洛城诗如倾

第一章　晚来天欲雪

011　晚来天欲雪　能饮一杯无
017　欲雪违胡地　先花别楚云
020　淹留勿轻散　待取雪花飞
023　岁暮天欲雪　郊原风色饶
027　暮天欲雪寒如此　且问梅花愁不愁
031　西湖寻僧天欲雪　苏子故事今人嗟
034　乘风弄笛多莲夏　吹火烹鲈欲雪天
037　长待天寒欲雪时　杖藜来访梅边墓
040　天上云骄未肯同　晚来雪意已填空
043　寒雀无声满竹篱　冻云四幂雪将垂
046　一庭寒意沉沉静　正是江天欲雪时
049　残腊长空欲雪天　须臾盈尺兆丰年

第二章　来报雪花坠

055　画堂晨起　来报雪花坠
059　今我来思　雨雪霏霏
062　愿欢攘皓腕　共弄初落雪
065　微风摇庭树　细雪下帘隙
069　雪花开六出　冰珠映九光
072　泛柳飞飞絮　妆梅片片花
076　春雪满空来　触处似花开
079　一点消未尽　孤月在竹阴
082　柴门闻犬吠　风雪夜归人
085　飞舞北风凉　玉人歌玉堂
089　忽对林亭雪　瑶华处处开
093　白雪纷纷何所似　未若柳絮因风起
097　风卷寒云暮雪晴　江烟洗尽柳条轻
100　不知庭霰今朝落　疑是林花昨夜开
104　近看琼树笼银阙　远想瑶池带玉关

第三章　闲尝雪水茶

111　窗印梅花月　炉烹雪水茶
117　旋收松上雪　来煮雨前茶
120　煮雪问茶味　当风看雁行
123　梅影春风里　茶声雪水边
126　送君归后　细写茶经煮香雪

132　带雪煎茶 和冰酿酒 聊润枯肠
135　翻经觅句无尘事 坐对尤宜雪煮茶
138　中宵茶鼎沸时惊 正是寒窗竹雪明
142　雪液清甘涨井泉 自携茶灶就烹煎
145　幽事围棋翻局势 清欢煮雪试茶芽
149　烹茶汲取盈瓯雪 一味清霜齿颊寒
152　不厌相过娱夜永 摘芳和雪试煎茶

第四章　独钓寒江雪

157　孤舟蓑笠翁 独钓寒江雪
163　幽步萝垂径 高禅雪闭庵
167　元礼仙舟行色好 子猷雪棹去心轻
175　倚钓重来此蓑笠 梅花十里雪空江
180　狂忆射麋穷楚泽 闲思钓雪泛吴松
186　花寺水村时驻马 暮天秋雪独登楼
191　何如雪后琼瑶迹 印记诗人独自来

第五章　大雪满弓刀

197　欲将轻骑逐 大雪满弓刀
200　寒沙四面平 飞雪千里惊
207　雪似胡沙暗 冰如汉月明
212　征鸿辞塞雪 战马识边秋
215　雪暗天山道 冰塞交河源

219　青海长云暗雪山 孤城遥望玉门关

222　纷纷暮雪下辕门 风掣红旗冻不翻

227　南桥昨夜风吹雪 短长亭下征尘歇

第六章　终南望余雪

231　燕支长寒雪作花 蛾眉憔悴没胡沙

237　终南阴岭秀 积雪浮云端

240　余雪沾枯草 惊飙卷断蓬

243　雉子飞余雪 渔人出晚晴

249　天晴嵩山高 雪后河洛春

252　山通佳气犹明雪 江泛柔波已漾春

255　湖添水色消残雪 江送潮头涌漫波

258　余雪依林成玉树 残霓点岫即瑶岑

264　西山物候仍余雪 南国芳菲更有春

270　江外群山如画图 轻烟残雪入荆吴

273　残雪离披山韫玉 新阳杳霭草含烟

278　后记：行到《沐雪》尽，待看《玄云》起

自序：沐雪洛城诗如倾

很早之前，就想出一本书了，可我是一个比较懒的人，总用未受触动、没有灵感作为拖延的理由。朋友都知道我是一直在坚持写作的，每次遇到他们问我，你出的书能不能给我两本的时候，我的内心就会十分地惭愧。虽然从中学时代便开始写作投稿，虽然工作之后也始终笔耕未停。可是时至今日，依然没有单独印发自己的作品集，面对这略显期待的问题，常常尴然一笑而过。很多人劝我将过去的作品集结成集，我也有过这样的想法，但是不同阶段的作品不仅风格不同，而且思想迥异，将这些文章放一块，不仅不能集腋成裘，反而显得有些杂乱。最主要的，可能是我并没有强烈的出书的欲望。

直到遇到乌鲁木齐的雪，我才真正萌生了创作和出书的想法。北疆的冬是漫长的，从十月中旬第一场雪到来年四月第一场雨，整整半年的时间，这里都是一个银装素裹、冰封雪飘的世界。雪对我的震撼是强烈的、持续的，是无时无刻的，是无处不在的。再加上室外活动的减少，室内暖气的温存，几乎一个冬天，不是蛰居在家，便是猫在办公室，这也给繁忙的工作之余，提供了些许的创作时间。古人讲"冬夏狩猎，春秋读书"，那么，这么漫长的冬天，不正是读书写作的绝好时机吗？这进一步激发了我创作和出书的意愿。

一切美好的事物,总能激发人们内心最本真的欢喜。雪,是大自然的杰作。它的美,跨越了时代的审美差异,得到了世人的一致认可。是历代文人雅士吟咏不辍的重要主题,是文学创作不可或缺的永恒素材。

对于雪,我是一见钟情的,而雪,也总能激发内心深处潜藏已久的冲动。2013年冬,还在家乡财政局工作的时候,忙完公务到阳台上舒展,忽然外面下起了鹅毛般的大雪。那一刻,整个世界都洁白了、明澈了,我想到了这片土地遥远的历史,想到了生活在这片土地上的仁人志士、往圣先贤。一篇赋瞬间在我脑子里呈现,我想到了韩棱,想到了彭岑,想到了李白,想到了黄庭坚,想到了这里曾经的韩楚争霸,想到了当年此处的风啸马嘶,于是"楚城巍巍,横亘西北;淮水滔滔,直奔东南。山连伏牛,危峰矗立;原接黄淮,一马平川。"快意落笔,一篇《舞钢赋》一气呵成。也因为这篇文章,开始了与作协的缘分。

雪是自然造物的馈赠。 和雨水一样,雪只是大自然降水形式中的一种,可是与雨水的无色无形相比,造化给了它最美的外形,最洁白的颜色,最轻盈的体态。在万物萧索,一无可观的季节,给了它最灵动的生气和最美的诗意。雪是造物馈赠给冬天的礼物,造物用西风催落了绿叶,用寒冷藏匿了生灵,那么就用雪来弥补对于冬天的亏欠吧。幸而有雪,冬天不再只是孤寂寒冷,不再只是萧瑟悲凉,在疏净之中,增添了天地的清气、万物的色泽。

雪是人生价值的追求。 有着几千年农耕文明的中国,人与自然达到了高度而完美的融合。在与大自然朝夕相伴、休戚与共的接触中,人们不断发现宇宙自然的壮丽、伟大,也不断发掘提炼自然万物的品格秉性,于是梅兰竹菊、星月松鹤这些意象都因其特殊秉性而被赋予特殊含义。雪自然不会被忘记,《庄子》曰:"疏瀹而心,澡雪而精神。"古人认为雪色洁白,晶莹剔透,象征着纯洁,乃世间至纯之物,以雪洗身可以清净神志,并以此比喻清除意念中的杂质,使神志思想保持纯正。雪,不仅仅是一种精神的寓寄,是道德的完善,更是人生价值的追求,是千百年来士大夫孜孜以求的崇高境界。

雪是人间大道的管窥。一花一世界,一叶一菩提。在自然万物的一草一木中,无不隐匿着发人深省、窥探大道的智慧。《庄子·知北游》中记载着这样一个故事:东郭子问于庄子曰:"所谓道,恶乎在?"庄子曰:"无所不在。"东郭子曰:"期而后可。"庄子曰:"在蝼蚁。"曰:"何其下邪?"曰:"在稊稗。"曰:"何其愈下邪?"曰:"在瓦甓。"曰:"何其愈甚邪?"曰:"在屎溺。"当东郭子向庄子请教"道"在什么地方的时候,庄子说"道"无所不在,在蝼蚁、在稊草、在瓦块、在大小便里,东郭子听了后再也不说话了。道确实无处不在,一叶尚可知秋,道可以存在蝼蚁瓦甓,那么在雪中窥探到的是什么样的大道呢?是农夫预测到的来年丰收?是政治家独钓寒江冷眼旁观的清醒?是名士独来独往的精神世界?是诗人体味到的贫苦百姓的艰难?还是烈火烹油鲜花着锦之后终落得"白茫茫一片大地真干净"?

有时候我也常常会思考,作为一本作品集,仅仅以"雪"为题,是否会显得单薄?虽然这是一本小书,虽然说从大处着眼,小处落笔,可是仅仅以雪为主题,这么一个狭窄的题材,会不会内容贫瘠?会不会牵强附会?会不会幽深冷僻?会不会"为赋新词强说愁"？会不会满篇用典，可读性差？会不会出现"掉书袋"的毛病？写出怎样的文章，才不会违背了本意？带着这些问题，我思考了很久，最终还是决定了要写"雪"。原因有四：

珠玉在前。中国是有咏物的传统的。魏晋南北朝时期，尤其是南朝时期，出现了大量的咏物诗。皇室成员与朝廷重臣都有很深厚的文化素养，常常在集会之时指物为题，写诗或者写典故，很多文臣甚至能写出数百条的典故来。魏晋去今已有1500多年的历史，这之后的历朝历代又有多少人文韵事？如今我们掌握的典故，远远比魏晋时代丰富，甚至连魏晋时代指物赋诗的故事也已经变成了典故，关于雪，我们有更丰富的知识储备。魏晋之后，隋唐统一时代南北文臣的切磋，北宋时馆阁文人的吟咏，明清编纂大典全书时诗文的唱和，无不就一事一物连篇累牍、穷形尽相。所以单单是"雪"这一主题，便有述说不尽的故事，在这些故事中，能触动人心、能让人感发者数不尽数。

蓄积已久。我并不喜欢时常用文字记录个人见解和想法。可是在读书学习、在日常生活之中也常常会在头脑中思考很多事情。苏轼在《文说》中说："吾文如万斛泉源，不择地皆可出。在平地，滔滔汩汩，虽一日千里无难。及其与山石曲折，随物赋形，而不可知也。所可知者，常行于所当行，常止于不可不止，如是而已矣！其他，虽吾亦不能知也。"苏轼的文思如泉水、如江河，这是在其"读书破万卷、下笔如有神"的努力之上的。我自知才疏学浅，遥不可及，不能凭空落笔，思绪如泉，但好在数十年来不曾一日释卷，不舍跬步、驽马十驾、笨鸟先飞之中也终略有小得。虽涓涓细流，难成江河之势，但积水为潭，也可备写作一书的资用。

苏州拙政园雪景

触情而发。没有感情的文章没有灵魂，没有感动自己的作品也一定不能感动读者。又有谁不曾为这一片洁白而心动呢？在过往的岁月里，在读书、工作和生活的不经意间，雪不止一次的触动过我。而今，这份感发，从记忆的深处丝丝抽取，这些触动，从现实的芜杂层层剥离。童年的雪、书中的雪、名人的雪，江南的雪、塞北的雪、阳光月色下的雪、灯光烛影里的雪；雪中的山、雪中的人、雪中的村庄河流麦田、雪中的枯藤老树昏鸦。雪中的翘首期盼、雪中的寒窗苦读、雪中的坦怀释然、雪中的朗朗乾坤。当记忆剪辑成片段，当思绪倾注于胸怀，便需倾诸笔端，一吐为快。

包罗万象。宋代禅宗大师青原行思，提出了人生的三重境界：参禅之初，看山是山，看水是水；禅有悟时，看山不是山，看水不是水；禅中彻悟，看山仍是山，看水仍是水。那么看雪呢？

雪是雪，可是雪又不仅仅是雪。雪里有哲思，雪里有智慧，雪里有诗美，雪里有政治，雪里有故事，雪本纯净，可是一入红尘便有了千般姿态、万种颜色。入诗便为诗，入史便为史，入高台便为玉屑，入市井便为泥滓，入吴钩便为杀戮，入情网便为相思。

王安石在《上人书》中说："诚使巧且华，不必适用；诚使适用，亦不必巧且华。"我固知此书为娱情之作，只在赏目娱心，并不追求启迪智慧，所以便努力在"巧"和"华"上多下点功夫，在形式美上多做点努力。既是写雪，那么在结构上就要借鉴雪的特点，形式上体现点雪的特色。

纯净。雪之美，纯净无瑕。书中的文章全部是这个冬天的集中创作，所以更容易内容相近、文风相似，设色均匀一致、思绪一脉贯通。这几年虽然疏于练笔，但也挤出空闲时间写了一些作品，甚至在工作之余，还对自己作了每天写一篇的要求。可是文章堆积在一起，难免驳杂，而且过往诸作多有仓促之笔、不合心意之句，所以皆不编入此书。此书文章，全为新作。

冰心。雪之神，玉壶冰心。雪为天地之赤子，以天地之真气幻化为天地之真美。写作此书前，我一直告诫自己，不要虚文浮笔，不要陈词滥调，而是秉持一颗真心去选题，一颗冰心去创作。文学以"真善美"为基本追求，而这其中，真字排在了第一位，由此可见保持真心的可贵与不易。

六出。雪之形，花开六瓣。本书分为六个章节。中国诗歌的一大特色，在于形式的优美。甚至可以说，一首律诗、绝句本身就是一件艺术品，一件带有音律、平仄、对仗、比兴的艺术品。如果说巍峨的宫殿是砖瓦的杰作，那么每一首中国诗词就是精雕细琢的文字杰作。汉语是注重结构之美的，早在南朝时，就有了"文笔之分",打破了之前文章"诗乐舞结合,文史哲不分"的局面,将具有艺术性的美文和实用文学区分开来,梁元帝萧统在《金楼子·立言篇》中说道:"至如文者,惟须绮縠纷披,宫徵靡曼,唇吻遒会,情灵摇荡。"强调艺术性的文学要有色彩、带音律、齐对仗、有感情。南梁时沈约提出了"四声八病";初唐,上官仪又提出"六对""八对";到了杜甫,律诗达到了炉火纯青,此后历代,多以杜诗为准则。为不失古意,本书在结构上也做了规划,雪开六瓣,那么本书就分为六个章节,分别是"晚来天欲雪""来报雪花坠""闲尝雪水茶""独钓寒江雪""大雪满弓刀""终南望余雪",每一个章节的题目均选自一句诗歌。六个章节之间不是平行的关系,而是逐渐的递进,敷衍了从"盼雪"到"赏雪"再到"悟雪"的全过程。

杭州西湖雪景图

写这本书的初衷,只是兴趣爱好,既不为托物言志,也不为传道说教。就像音乐家唱了一首曲子,舞蹈家跳了一段舞蹈,写作就是用笔在纸上弹琴歌唱。就像工作之余去打打排球,吃顿美食,看场电影一样,看书写作也是放松消遣的一种方式。这是一本纯粹的文学作品,当然,这其中会有由此引发的哲学思考及历史感慨。

文学作品。雪是冬日的精灵,是最适合用文学作品来书写的。这样写出来的雪才是心目中的雪,是有感而发的雪,是不为创作而创作的雪。这样的文字,更真切、更自由,也更灵动。这样的雪,才与感情相牵,与心灵相犀,与梦境相连。所以本书旨在文学创作。

哲学思考。有多少人在雪里看到宇宙人生,悟出了生命真谛。雪的空灵会让人心灵舒畅,雪的洁白会让人内心清宁,雪后的世界会让人独立茫茫、内心冷静。更有机会去换一个角度看待世界,更有环境让人思考宇宙人生。本书旨在写雪,但更主要的是写透过物象之后的雪,澄怀味象之后的雪,是看过世间烟花、经过人情冷暖的雪。所以本书兼带哲学思考。

历史感慨。雪中有哲思,自然也有历史。千百年来,雪一如既往,不曾改变,而看雪的人却时移代迁,物是人非,迥然不同。对此茫茫是否百感苍苍?人生代代无穷已,江雪年年只相似。雪承载了多少历史故事,见证了多少动人时刻,也引发了多少伟人感慨思考。与历史相比,我自知青涩浅薄,可咀嚼历代先哲的思考,徜徉在厚重的史册里,也渐渐感受到笔下的深沉,所以本书会有历史兴叹。

第一章 晚来天欲雪

晚来天欲雪 能饮一杯无

　　世间万物，最好的状态，无非是"花未全开月未圆"，将至是一种希冀，期待是一种幸福。等待着花开，等待着月圆，等待着落雪。

　　绿蚁新醅酒，红泥小火炉。
　　晚来天欲雪，能饮一杯无？

　　这首《问刘十九》很小的时候就读过，可很多年后才知道是白居易的作品。习惯了《长恨歌》的凄婉缠绵、恢宏大气，看久了《卖炭翁》的浅易直白、婉转讽喻，竟不习惯白太傅这样温暖格调，富有生活情趣的小诗。我不知道1000年前的那场雪是否如愿而来，但这场雪一定是那个冬天的第一场雪，不是初雪，否则，写不出这样的满怀期待。一场雪开启了整个冬天的序幕，一场雪,也开启了一本书的扉页。第一个章节就从"晚来天欲雪"的期盼开始。

在第一场雪降落之前,雪要来的信息早已传得沸沸扬扬。要下雪了的声音先是从天气预报,然后是朋友,然后是家人之间逐渐传开。在传播这一即将发生事实的语气中无疑透着一丝兴奋,"要下雪了哦""对,要下雪了!"那个时候天气已经冷了一段时间,树叶早已被秋风带走,北风一来到处灰突突的,就连天空,也是昏昏沉沉的。还好,彤云密布,至少雪要来了,这乌云也不觉得有那么讨厌了。

白居易是喜欢这样的欲雪天气的,至少,在三首诗中,都出现了"欲雪"的表达:

岁除夜对酒

衰翁岁除夜,对酒思悠然。
草白经霜地,云黄欲雪天。
醉依香枕坐,慵傍暖炉眠。
洛下闲来久,明朝是十年。

岁晚旅望

朝来暮去星霜换,阴惨阳舒气序牵。
万物秋霜能坏色,四时冬日最凋年。
烟波半露新沙地,鸟雀群飞欲雪天。
向晚苍苍南北望,穷阴旅思两无边。

不过最出名的,还是这首《问刘十九》,它更深情、更温和、更暖心。等雪远比下雪要来的兴奋,就像听景远比观景更让人心起波澜。更何况这是第一场雪,经历了春夏秋三个季节,这时候对雪既有极大的期许,又没有司空见惯的审美疲劳,就像开春泡的第一杯明前茶,清嫩而新鲜。别说是下雪,就一个"欲雪",就吊足了人们的胃口。

白居易是懂得生活的,在这样一个将要下雪的傍晚,他早早吩咐下人将那绿蚁酒斟满,将那红泥小火炉烧得通红,在洛阳的白园里,谈古论今,二三友人推杯置盏,满满的仪式感。如今的他不再是当年的那个一无所有,担忧"洛阳米贵"的白衣少年,在洛阳他有了属于自己的园林,当然,他也不再有"怅卧新春白袷衣"、衣袂飘飘的少年意气,如今已须发皆白、隐居山林。然而官场的起伏,岁月的更替,始终没有变的是一颗诗意的审美的心,对于这场初雪,他依然有澎湃如少年的激情。

说来也巧,我见过白居易用的酒杯。在洛阳市博物馆,是考古人员在白园的遗址中发掘出来的。唐代的瓷器与宋代的精致清雅、明清的细腻富丽相比,实在是显得粗糙。而那晚的酒,做工还略显简陋,虽是新酿,但并没有滤清,酒面还漂浮着酒渣,提纯的蒸馏酒是宋代以后的事情。那晚的火炉,不过是红泥堆成的小灶。可是那晚的心情,那晚的兴致,虽然隔着一千年,依然能在诗中感受到热情洋溢。那晚,一定是宾至如归,酣畅淋漓。

现在的我们,可选的酒杯应有尽有,可饮的美酒琳琅满目。如果今天,我们用着白居易那样的酒杯,喝着那样的酒,一定很难有那样的快乐。是物质生活的丰富增添了我们的幸福?还是在追逐物质的过程中让我们迷失了简单的快乐?生活的美好,原本就很简单,可是欲望很容易迷失了世人的双眼,让人不知道为何出发、因何赶路、何处栖身。幸福是自在的,与这些器皿和这些外在并不相干,不是吗?

白居易是一个伟大的诗人,可他也和无数中国古代优秀知识分子一样,他们不仅仅是文人,是官员,是书法家、画家、史学家,他们更是一个生活的美学家、艺术家、思想家。明代《牡丹亭》里有一句话"良辰美景奈何天,赏心乐事谁家院",一直颇为人称道,良辰、美景、赏心、乐事,这人生至乐之中,竟没有一项是关于吃穿用度,这其中所列的哪一项又和外在财富的多寡有关系呢?颜回在陋巷能"不改其乐",陶渊明种豆南山尚可悠然自适,或许一个人到了一定的境界,就会真正明白自己需要的是什么,生活的真谛又是什么。

读《问刘十九》,我常常会想起《赤壁赋》,想起苏轼那句"且夫天地之间,物各有主,苟非吾之所有,虽一毫而莫取。惟江上之清风,与山间之明月,耳得之而为声,目遇之而成色,取之无禁,用之不竭。是造物者之无尽藏也,而吾与子之所共适。"是啊,在天地万物之中,足以自得其乐,人生的快乐又何必向别处索取呢?还好苏轼是一个伟大的诗人,今天我们依然能透过其诗篇文章领略其生活意趣。可是那些完全归隐于山林,在青史中不肯留下姓名的隐士,他们怡然自得的生活情趣大概不再会为世人所知,他们的旷世之作,大概不会有谁再有幸拜读。《浮生六记》不就是一个很好的说明吗?若不是清末杨引传在苏州旧书摊上一次偶然的发现,大概这本充满生活情趣,影响深远的书就将永远地消失在历史的长河里,谁又会知道这个长洲城叫作沈复的文人,又怎能沿着细腻的文字,款款走进江南文人的诗意生活,生发赞许赞叹,被其感染感动。

当然,谈精神并不意味着忽略物质,商业社会,大谈远离物质确实是不合时宜也并不现实,恰恰相反,金钱确实能带给人更多的选择和自由。这里讲生活意趣,是让人更多关注精神。人是社会的动物,既生活在社会之中,也受到社会规则的约束。司马迁在受过宫刑之后,终究认识到物质的重要,《货殖列传》便是很好的说明。即便是崇尚清谈的西晋,隐士鲁褒一篇《钱神论》,更是写出钱的神通广大和无孔不入,写了钱在某些人心目中的"神圣形象"和现实生活中的无边"法力"。颜回在陋巷,纵使怡然自得,可还是要吃饭的。陶渊明隐居南山,短褐穿结,箪瓢屡空或许可以忍受,可是全家老小忍饥挨饿的问题终究还需要解决,最终还是要种豆南山。伯夷叔齐纵使逍遥尘外,采薇而食,最终却难免饥饿而死。谈精神并不是忽略物质,同样讲物质的重要也并不因此而丢掉精神。只是在生活有保障的前提下,探寻怎样才是人生该有的活法,什么是生命应有的追求。

我常常佩服那些捏面人的艺人,一块面团,便能变出千百种花样。我也佩服高明的厨师,一片菜蔬,就能炒成各种风味。那么对于生活呢?你是否是一个调节生活的高手,在同样的物质条件下,创造出别致多样的活法。在艰难的时刻、人生的低谷,却能活得依然高贵、精彩。就像中国优秀知识分子一脉相承的不以物喜、不以己悲,花开花落、宠辱不惊的人生境界。"花落春仍在,天时尚艳阳",如果用经学大师俞越参加殿试的这首诗来理解对于生活应有的态度就再好不过了。人生在世,不如意十有八九,偏偏在这逆境之时,需要自我调节,让生命开出一朵花来。曾国藩说:"养活一团春意思,撑起两根穷骨头。"苏轼便是其中的代表。苏轼一生历任三部尚书、八州太守,可是不管在何处,无论在何境,总能让生活有滋有味,在文章、诗词、绘画、书法上自我修养,成为两宋大家;在为官、教育、文化、美食、医药、风俗上也总能惠及百姓,泽被一方。

一杯浊酒,一个泥炉,一个知己,所以,喜欢白居易见惯世间风雨,宦海浮沉,依然对生活持有饱满的热忱和这份简单的温暖。金杯玉杯,或许也不能喝出这样的兴致,这般的温馨。甚至有时,物品的显贵本不在于物品自身,而在于使用物品的人。人并不一定会因物而贵,相反,物却往往因人而贵。《红楼梦》第四十一回"贾宝玉品茶栊翠庵 刘姥姥醉卧怡红院",妙玉给薛宝钗和林黛玉的饮茶器具分别是"(分瓜)瓟斝""点犀(乔皿)",按理,犀(乔皿)的材质要贵重于斝,但因为这斝是"晋王恺珍玩",又有"宋元丰五年四月眉山苏轼见于秘府",是王恺把玩、苏轼珍藏过的,所以价值便与(乔皿)相当了。物品的价值高低,在于其使用者自身价值的高低,一个有人格魅力的人,其相接之物,自然价值百倍,历久弥香。那么伟大诗人白居易所用的酒碗,被博物馆珍视珍藏,供后人瞻望,也就不足为怪了。

欲雪违胡地 先花别楚云

大雁对于气候是最敏感的,就像"春江水暖鸭先知"一样,天气有变雁先知。年年岁岁,南来北往,相较于大雁的春暖北上,人们更加注意雪来之前的鸿雁南飞。

归雁二首·其二

唐·杜甫

欲雪违胡地,先花别楚云。
却过清渭影,高起洞庭群。
塞北春阴暮,江南日色曛。
伤弓流落羽,行断不堪闻。

鸿雁是写在天空之中的诗篇。每到季节更替的时候,鸿雁便成了这个时节的重要元素。南往楚地,北别胡天,影过清渭,群起洞庭。大雁,也是文人骚客笔下频频出现的形象。大雁来时诗意兴,雁声过处笔墨浓。塞北的春阴、江南的日色,因为鸿雁的点缀,而格外增添了一抹别样的色彩。

北国的冬天是寒冷的,更何况是塞北的冬天。零下几十度的低温,没过膝盖的大雪,似乎一到冬天,整个世界都进入了需要冬眠的时刻。而此时的江南,还是"青山隐隐水迢迢",此时的湘楚,还可以"晓汲清湘燃楚竹",趋暖避寒是所有动物的天性。鸿雁是畏寒的,当寒北雪未飘落之际,已经提前预知了冬日来临之际的寒冷。鸿雁是喜欢北国的,当天气回暖,百花尚未盛开的时候,鸿雁已经凌云而起,纷纷北上。不得不说,大雁是坚强的,几千公里的行程,靠的不仅是一双坚强有力的翅膀,还有不屈不挠、跋山涉水的意志。

  大雁的一生,几乎都在漂泊。它们不惜长途跋涉的辛苦,只为了寻觅更加理想的栖居地。东亚的气候并非四季皆宜,而出生在哪里它们也无法选择。当寒风来临时,它们不会听天由命,如草木般,受尽摧残,任天宰割。也不会如蛙蛇一样,蜷缩暗室,蛰居不出。它们更像是"非梧不栖,非竹不食"的凤凰,追寻它们理想的驻地,开启它们舒适美好的生活。

  然而追逐向往生活的路程是漫长而艰辛的,不乏风雨的侵袭,鹰隼的伏击,猎人的杀戮,"伤弓流落羽,行断不堪闻"。可是,鸿雁从来没有退缩过,千百年来,没有谁因为这旅途的辛苦、劳累、危险而放弃了对美好生活的向往。年年有雁落,年年雁南飞。

  鸿雁是值得钦佩的,而人呢?作为万物之灵长,他们有更多选择的机会,但是他们也有超凡脱俗的智慧。他们不是没有领略过自然的残酷,即便是到了人类文明发展到一定程度的商代,还要因为洪水肆虐,被逼无奈而屡屡迁移国都。到了明清时代,还经常遭受黄河、淮河、长江水患的侵扰。但是,人之所以为人,人之所以成人,正在于他们在与大自然接触的过程中,在骨子里养成了"自立""无待"的意志。他们懂得适应自然,无论自然环境多么恶劣,人类总能找到生存的方法,时至今日,或沙漠,或冰原,或高山,或雨林,或草原,全球各地遍布着人类的足迹,甚至开启了对外太空的探索。他们懂得改造自然,不屈服于自然的摆布,在掌握自然规律的过程中,"制天命而用之",大禹治水,愚公移山,技术探索,科技革命,工程建设,创造了高度便捷的生活方式和辉煌灿烂的人类文明。他们不必再为欲雪天而心有戚戚、仓皇流离,也不必再为天回暖而举家迁徙、率族跋涉。他们在与大自然和谐共生之中,在任何环境之中,都创造了属于自己的安居之所,世外桃源。也许人类的不屈使人不再如古人、如鸿雁一般对时节敏感,但是正是这样的不屈,让人不再畏寒惧暖,而是风雨不惧,四季如春。

淹留勿轻散 待取雪花飞

这是一个怎样的诗意的时代，一群同朝为官的人，因为期待一场雪，而共同慢下了回家的脚步。

沉阴欲雪与同列会饮南斋

宋·司马光

簿领日沉迷，从容乐事稀。宾朋幸相值，樽酒不须违。
惨澹愁云积，参差远树微。淹留勿轻散，待取雪花飞。

那天的场景一定很壮美，整齐的官服，整齐的等待，只为了那一场即将降临的雪。繁忙的公务，阴沉的天气，没有"痴儿了却公家事，快阁东西倚晚晴"的舒展，或许只有来一场雪才能缓解案牍的劳累。

我几乎可以想象，红色的宫墙，金黄的琉璃，满朝的朱紫，只差一场铺天盖地的雪，便可消散云雾，澄明世界。

不知从什么时候起，大宋王朝，常常被我们用前人"积贫积弱"的标签所误解，这是一个辉煌灿烂的时代，这是一个文化登峰造极的盛世。从《清明上河图》里的衣食住行到《东京梦华录》里的字里行间,我们都可以读出一个王朝的兴盛气象。时至今日,每一个到过南京明孝陵的人,都不会忘记那巨大的石碑上"治隆唐宋"的碑刻。宋代,正如同他在明太祖朱元璋心目中所仰慕的那样,是一个强大富饶文明的时代。这种整体的强大以及对文化的高度重视,优待文臣及全面的科举取士,成就

北宋·范宽 雪景寒林图

了有宋一朝官员高度的文化素养和水平。所以"淹留勿轻散",司法光这样的呼唤并不唐突;"待取雪花飞",这样整齐的等待并不偶然,因为这群"同列""宾朋"有着相近的审美,有着共同的志趣。

虽然两宋时代的党争从来就没有停止过,甚至一度翻云覆雨,你死我活。但是有趣的是,摒除政见的不同,党争双方当事人在诗文领域却能成很好的朋友,像苏轼、司马光与王安石这样的事例不乏其数。一个重要的原因,就是因为大家共同的、高度的儒学修养、文化涵容。政见虽不一,趣味却相投。诗美的理想,雅致的情趣,共同组成了时代的审美理念。

赏雪,正是这样一项深得士大夫共同喜爱的审美活动,所以雪来之前的共同等待就显得理所当然。更何况只需"淹留"便要"雪花飞"了呢,在一场大雪来临之前,没有谁会显得过于等不及而匆匆迈出归家的脚步。欲雪的天气不可以无酒,这酒既可以驱寒,又可一浇胸中块垒,更可宾朋助兴。这酒达官贵人喝,寻常百姓喝,文人雅士喝,乡野匹夫喝;这酒白居易喝,王安石喝,司马光自然也喝。只是白居易以雪祝酒,王安石因雪待酒,那么司马光呢?司马光盼雪忘酒,明明是会饮南斋,可偏偏因为这场即将到来的雪,忘却了已经倒上的酒,忘掉了这好不容易的从容乐事。等雪,成了一件共同期待的事,一件众人同乐的事,一件美妙于饮酒的事。

今夜诗心未泯,今夜不醉不休,今夜踏雪而归!

岁暮天欲雪 郊原风色饶

都说诗人的画,是画中有诗;那么画家的诗,是诗中有画。读文徵明的诗,一遍吟罢,已有三分入画图。

行书五言律诗

明·文徵明

岁暮天欲雪,郊原风色饶。山寒增突兀,树暝入萧条。
野水照茅屋,归人争断桥。窗前有新句,欲觅已寥寥。

写这首诗之前,文徵明写了一段话,"欲雪天,画画。张明远索画久而未成,岁暮阴寒,雪霰将集,斋居无聊,为写溪山欲雪图并赋短句。"在一个雪霰将降的岁暮时分,作者斋居家中无所事事,突然想到别人求画很久尚未答复,于是画图一张并赋诗一首。可以说,文徵明是带着绘画的思维来写这首诗的,所以诗中全是画家的眼光,落下的全是画家的笔触。文徵明也是在绘画之后带着酣畅淋漓的余兴写这首诗的,所以格外地兴致勃发,余韵悠长。

这是一场对大自然的描摹,可是一旦进入画家笔下,便经

明·文徵明 《雪景山水图》

过了文学化、哲学化、艺术化的加工,中国山水画大抵如此。中国山水向来是以"意"取胜的,以手中之笔写胸中之丘壑,文人画尤其如此,只需水墨,便可写出无边宇宙。苏轼是文人画的开创者,《木石图》是文人画的代表和先锋,但更重要的,是对于画的鉴赏和理解,他在《书鄢陵王主簿所画折枝二首》其一中写道:"论画以形似,见与儿童邻。赋诗必此诗,定非知诗人。诗画本一律,天工与清新。边鸾雀写生,赵昌花传神。何如此两幅,疏澹含精匀。谁占一点红,解寄无边春。"这首诗虽然短,但是却道出中国画审美的关键:在于写意而不在于写形。正如这首诗中提到的绘画十分逼真的边鸾、赵昌一样,中国绘画是有过写实的探索的,五代时期西蜀画家黄筌已经在写生上达到了极高的造诣,其流传至今的《写生珍禽图》,纤毫必构,毛发尽显,让人叹为观止。只是中国画并不把写实作为最高价值和主流审美。而是把"谁占一点红,解寄无边春",这样以一点红来代表无边春色的写意作为画作的艺术追求。

这一点在宋代朝廷画院考试画家时便很容易看出来,"踏花归去马蹄香""竹锁桥边卖酒家"这样的考题,并不是考验一个画家写实功底的高低,而在于立意水平的高下,最终第一个考题获胜的画面是"一位官人骑着马回归乡里,马儿疾驰,马蹄高举,几只蝴蝶追逐着马蹄蹁跹飞舞。"而第二个考题获胜的画家是"小桥流水、竹林茂密,在绿叶掩映的林梢远处露出古时候的一个常用酒帘子,上面写着一个大大的'酒'字。"中国是有诗教的传统的,诗礼传家也是公认的家训。中国诗讲求"只可意会,不可言传",同样,中国画作讲求旨外之趣、韵外之致。宋代以来,江南历来是经济富庶、文化繁盛之地。吴门很好继承了这样的审美理念和文化传统。作为吴门四家之首的文徵明,更是很好地将这种传统和审美发挥到登峰造极、炉火纯青。

这是一场即将降临江南的雪,这也是吴门的雪,文人的雪,画家的雪,艺术的雪。寒山、瞑树、野水、茅屋、归人、断桥,不必见画,在诗中已经有了完整的画面,不必采风,在文徵明的胸中,这些元素也早已做好了排列组合。时至今日,文徵明的这幅画已不知所踪,而因此画写的书法《行书五言律诗》却被台北故宫博物院珍藏,看诗知画,见字如面,依稀能看到此画的几分真意。

最后是那句"窗前有新句,欲觅已寥寥"尤为有趣,明明已经写了此诗,怎么就欲觅寥寥了呢?我贸然猜测,大概是两个意思,一则此诗非诗,只是对画的描述,在作者心中,前面数句只是作画,只是摹写画的内容而不是写诗。另一层意思大概有"崔颢题诗在上头"的感觉,古来写吴门之雪的佳句太多,一时之间,自己竟有些语塞,"为人性僻耽佳句,语不惊人死不休。"吴门将雪,这么美好的画面,竟让作者一时搁笔,不知道如何写作才好。不管如何,这是江南文人在一个欲雪之天的优雅情趣,剪辑一段时光,也是诗意生活的美好画面。无端弄笔,不可名状。

暮天欲雪寒如此 且问梅花愁不愁

"欲雪不雪天正寒",总是有这样的感受,将要下雪时比下了雪还要寒冷。雪总能给人带来快乐的,即便是一样的严寒,雪后也总觉比雪前温暖一些。人类对于寒冷的感受,不在于身体的直觉,而在于心灵的感触。

代　赠

南宋·方岳
碧玉香深冷翠篝,梦魂不到玉搔头。
暮天欲雪寒如此,且问梅花愁不愁。

南宋方岳的这首《代赠》正写了相思不得的愁苦,不仅觉得地冷天寒,也觉得雨恨云愁,甚至觉得连梅花都蹙起了眉头。相思的愁苦,是没有陷入相思的人体味不到的。王国维说"以我观物,故物皆著我之色彩"。这里的欲雪天没有白居易诗里的温暖,这里的梅花,倒多了几分忧愁的病态。

思而不得的煎熬与阴而未雪的寒冷是那么的相像,所以这个夜晚格外难熬,这个冬天格外忧伤。看到玉搔头,我想起了

明·戴进《踏雪寻梅图》

白居易《长恨歌》里的"花钿委地无人收,翠翘金雀玉搔头"。美人如玉,大概诗人魂牵梦绕的是一个妙龄的有趣的女子。

不过,梅花的愁,一定不是纠结于这样的儿女情长,而是经得住风雪,傲得了冰霜,梅花天生带有坚韧的血性。倒像是《珊瑚颂》里面的那句"云来遮,雾来盖,云里雾里放光彩",梅花香自苦寒来,梅花的傲骨,是经历过一次次风雪考验而来的,欲雪的天气不正是梅花等待已久的考验吗?

人是感情的动物,与梅花相比,梅花倒真未必如人多情。《世说新语·伤逝》里说"圣人忘情,最下不及情,情之所钟,正在我辈。"是啊,与圣人、愚人相比,正是我们这些占了绝大多数的普通人才最容易为情而欢乐悲伤,受感情的支配和控制。汤显祖在《牡丹亭》里说世界是有情世界,人生是有情人生。"情不知所起,一往而深,生者可以死,死者可以生,生而不可与死,死而不可复生者,皆非情之至也。"古往今来,有太多感慨悲歌的爱情故事,不正是因为这一个"情"字吗?近代西方伟大的心理学家弗洛伊德认为,性心理学潜在于每一个人身上,西方科学,无论是自然还是社会科学,分类都比较详细,研究都更为精准。有时太过精准,就失去了美感,对于"情",我总觉得还是不那么清晰,略显得朦胧才好,就像李商隐的《无题》诗,在达与不达之间,言有尽而意无穷,留下无尽回味。

方岳的《代赠》与白居易的《问刘十九》的相像不仅仅在于"欲雪",更重要的是二者描写的时间是相近的,一个是"晚来",一个是"暮天",都是黄昏左右的时刻。这一时刻的人,内心是需要有一种归属感的。就像几千年来保持的日出而作、日落而息的生活习惯一样,一过黄昏,便是人的心灵寻找归宿的时刻。

鸡栖于树,牛羊归来,一颗久经喧闹的心需要冷静,一颗饱受沧桑的心需要被抚慰,一颗漂泊无依的心需要安宁。白居易在"绿蚁新醅酒,红泥小火炉"里找到了退隐的安然,亲友的温暖和心灵的归宿;而方岳的心还需要心上人的抚慰、知己的理解,红袖的添香在旁。

西湖寻僧天欲雪 苏子故事今人嗟

这是明代吴宽的一首诗,名字叫作《明日世贤持启南雪岭图索题复次韵》。既然是次韵,就需要按照原诗的韵和用韵的次序来和诗,这样的诗既限制思想,又需要应制,难得有佳作。佳作虽然难得,佳句却不难寻,这首诗很长,但细细品来,我单单喜欢这一句。

明日世贤持启南雪岭图索题复次韵

明·吴宽

西湖寻僧天欲雪,苏子故事今人嗟。
清虚旧韵更可借,捧砚独无王子霞。

如果说北方对于初雪尚且翘首以盼的话,那么南方的雪更是难寻,更值得等待。只是杭州的雪总是不易盼来,容易消散;纵是有雪,也无法长时间积存。仅仅谈雪,对于漫长的冬天似乎显得略有些单薄,但好在"断桥残雪"仅居十景之一,西湖有太多的可感可观处。如寻僧便是雅事,谈苏轼便是好话题。

记得十年前游灵隐寺,有一句话至今印象很深——"事能知足心常惬,人到无求品自高。"有时候人有太多的痛苦,就在于欲求过多。德国著名哲学家叔本华说过"生命是一团欲望,欲望不能满足便痛苦,满足便无聊,人生就在痛苦和无聊之间摇摆。"其实人很少停留在欲望满足的无聊,而大部分时间是欲求不够的劳形伤神。又有什么事情比得上在一个欲雪的天气,放下世俗的羁绊,往山林之中去追求一种清幽的雅趣更让人心灵安放,找到本真了呢?西湖寻僧,倒未必真要见到僧人,只是追求某一时刻适当的禅寂。"少则得,多则惑。"在天雪将降,山野无人之地,问一下自己的内心,究竟什么是自己想要的,该要的。近些年来"断舍离"的理念从日本风靡全球,在现实生活里成为极受推崇的整理魔法。而我们的心灵,是否也要坚守这样的整理理念,扔掉不需要、不必要的私心杂念,获得内心真正的坚实和平和。

西湖寻僧,寻的是一种幽趣。就像《西厢记》中所说的:幽僻处可有人行?点苍苔白露泠泠。正是在雪将降落,四野无人之际,幽僻独行之时,才是一个人发现自我的最好时刻。苏子故事,看的是一个人的文化修养。知识文化,很多时候可能并不能直接转化为看得见的财富,可是腹有诗书,却真的能改变一个人对世界的观感。你所看到的山,不再是常人眼中的山,你所看到的水,也不再是常人眼中的水。一草一木之中都有它的历史和故事,都有它的精神和感动,都有他的哲思和启发。古人虽然早已远去,但是他们的事迹还在流传,他们的福泽还在流布,他们的精神早已印刻在了大地山川、江河湖海,就像苏堤,就像孤山,就像西湖。

去西湖寻僧,讲苏子故事,只盼望着来一场江南的雪。这样的雅兴无人打扰,最契合张岱《西湖七月半》里的境界,"小船轻幌,净几暖炉,茶铛旋煮,素瓷静递,好友佳人,邀月同坐,或匿影树下,或逃嚣里湖。"或许这样的一群人,这样的游赏方式,才配得上西湖,才配得上即将降临的雪。

乘风弄笛多莲夏 吹火烹鲈欲雪天

如果说北方的欲雪天除了饮酒畅谈而再无其他的话,那么南方的欲雪天,除了饮酒,在湖上泊一小船,点上火炉,品鲈清谈大概也是不错的选择。

同林潘二先生登舟

南宋·陈宓

何日长桥一酒船,襄衣摆尽世间缘。
乘风弄笛多莲夏,吹火烹鲈欲雪天。
山际烟云来有底,湖中风月浩无边。
细看造化浑无老,只有朱颜易得年。

就像南宋王朝一样,陈宓的这首诗,颇有江南特色。吹火烹鲈,本身就是一段诗话。范仲淹说"江上往来人,但爱鲈鱼美。"范仲淹是苏州人,对于这江南美味自然是熟悉不过了。但是真正让鲈鱼扬名的,还是早他600多年的西晋文学家张翰,据《晋书·张翰传》记载:"翰因见秋风起,乃思吴中菰菜、莼羹、鲈鱼脍,曰:'人生贵适志,何能羁宦数千里,以邀名爵乎?'遂命驾而归。"他想起了往昔的乡居生活与家乡风物,尤其吴中鲜美的菰菜、莼羹、鲈鱼脍,于是这个文学家诗笔一挥,写下了著名的《思吴江歌》:"秋风起兮木叶飞,吴江水兮鲈正肥。三千里兮家未归,恨难禁兮仰天悲。"也为中国诗学留下了"莼鲈之思"的典故。鲈鱼究竟如何味美,非江南人大概不得而知,可是能作为一个拿得出的向朝廷辞官的理由,想来也定然是名不虚传。在欲雪的天气里,在江南的渔船上,以烹鲈这种别具一格的方式,开启了文人冬居生活的序幕。

纵然人们都说"秋尽江南草未凋",可是北风到底给冬日的江南带来了丝丝的萧条和凄凉。对于热爱生活,闲不住的文人来说,冬日的吹火烹鲈虽有趣,却到底是有些简单,比不得夏日乘风、弄笛、采莲那般丰富多彩。不过人一旦蛰居就容易"胡思乱想",事情单一便容易熟练精纯。只需烹鲈饮酒,围炉夜话,就能够衍生出多少丰富多彩的故事? 正是缺少了娱乐的方式,正是减少了外在的诱惑,远离了令人目盲的"五色",令人耳聋的"五音",更容易"收视反听",专心致志,也更容易畅谈古今,倾吐心事,"取诸怀抱,悟言一室之内"。

魏晋时期的玄谈,就有多少是在斗室之内完成的呢? "精骛八极,心游万仞",足不出户便能够畅谈天下之事,一尘一物便可透析出深刻的内蕴哲思。当年的何晏是怎样的光彩照人? 当年的王弼是如何的妙语连珠? 当时的卫玠是怎样的口吐莲花? 当年的潘安是怎样的倾倒众生? 如今都不得而知,只能在残存的文稿笔记中读到只言片语。正如张潮在《幽梦影》所说的那样"我不知我之生前,当春秋之季,曾一识西施否? 当典午之时,曾一看卫玠否? 当义熙之世,曾一醉渊明否? 当天宝之代,曾一睹太真否?当元丰之朝,曾一晤东坡否?千古之上,相思者不止此数人,而此数人则其尤甚者,故姑举之以概其余也。"千古恨不能相逢,这是一种与心仪的古代风流人物恨不能相见的情结,那天的陈宓,相邀林潘二先生,在舟中说了什么?那个欲雪天,雪下得有多深?有多认真?那天的鲈鱼是否清鲜美味?这一切都散落进历史的积雪深处。

长待天寒欲雪时 杖藜来访梅边墓

这是一场颇有诗意也极为虔诚的等待,拜访林和靖,适宜在天寒欲雪的时候。

题林若拙画孤山图

元·张羽

野人亦有沧洲趣,安得数椽相近住。

长待天寒欲雪时,杖藜来访梅边墓。

生活是需要有仪式感的,尤其是在做一些虔敬事情的时候,那么访林和靖墓,便是这样的虔敬时刻。南方的雪并不常有,因而尤为显得珍贵。也因为并不常有,所以这样的等待也显得格外漫长。"长待"的诗人内心是虔诚的,这样的虔诚和程门立雪的杨时别无二致,是带有发自内心的尊重和敬仰。

来西湖不可不来孤山,来孤山不可不拜谒林和靖。如果说断桥的扬名是因为白娘子的传说,那么孤山的知著则得益于梅妻鹤子的故事。不可否认,断桥的雪早已经深入人心,那么孤山的雪,又有谁相亲相近呢?我猜定,一定是像林和靖这样

明·董其昌《林和靖诗意图》

的人。

　　林和靖一定是喜欢雪的,一个喜欢梅、喜欢月的诗人,没有理由不喜欢雪。"疏影横斜水清浅,暗香浮动月黄昏。"这句诗放在唐宋佳作中丝毫也不逊色,可以说是千古咏梅写梅的名句。梅与月在诗人的心中是如此的完美,以至于用心中之景落笔,便成就了如此美轮美奂、不可凑泊的画面。

　　今天的西湖,已经与杭州城连为一体。我没有考究,但想必,宋代的孤山,与城市的距离也并不遥远。然而正是这并不十分遥远的距离,林和靖20多年不曾踏足城市。人猿揖别对于人类文明来说是一次巨大的进步,但是也因此,人类付出了巨大的代价,那就是要受到文明、制度和各种社会规则的束缚,失去了闲云野鹤、自由无拘的生活状态,甚至连世外桃源、小国寡民也成了遥不可及的梦想。

吹尽狂沙始到金,阅尽浮生方知真。归隐,仿佛是饱经沧桑之人的专利,如果年轻人说归隐,总会让人觉得有"少年不知愁滋味"的感觉的话。那么张耒是懂林和靖的,不仅仅是因为他欲雪之天的来访,还在于他是"杖藜"而来的,他是一个老者,一个领悟过生活的人。

林和靖隐居孤山,梅妻鹤子,是一段人文佳话,是一卷清逸水墨。而长待欲雪天,访问林和靖,未尝不是一件风流雅事,一幅绝妙好图。孤山脚下,历来埋葬的名人甚多,可是多少名臣巨卿、达官显贵的坟茔最终随着时代的变迁而荒废遗弃,"无花无酒锄作田。"千百年来,来此凭吊林和靖的人却始终绵绵不断,往来不绝,大概在人们的内心深处,归隐山林代表了他们内心的仰望,山水田园是他们"虽不能至,心向往之"的生活方式。

天上云骄未肯同 晚来雪意已填空

不管什么时候读书,哪怕是匆匆翻阅,我从来都不肯错过了王安石。无论是诗词还是文章,一读到王安石,便格外与众不同。欲雪到了王安石这里,就写出一番别有的风味来。

欲 雪

宋·王安石

天上云骄未肯同,晚来雪意已填空。

欲开新酒邀嘉客,更待天花落坐中。

历来读书人都说"宋无诗",大概是诗歌一进入宋代,士大夫便以才学入诗,以议论入诗,多了点理学道学的气质,少了点唐人圆转流美的风韵。然而读王安石,每每能读出与唐诗不同的另一种美。这种美是务去陈言的美,是出其不意的美,是格调出众的美。

如果说白居易的《问刘十九》尚是把欲雪天作为背景的话,那么王安石的这首《欲雪》则是把欲雪的天气作为了主角。白居易的饮酒是兴之所至的推杯至盏,而王安石的饮酒则是为庆祝雪花坠落的把酒言欢。白居易饮酒,问的是客人的意愿,能饮一杯否?王安石的饮酒则根据的是上天的心情,更待天花落坐中。都说王安石执拗己见,性格倔强,呆板固执。大概懂他的人实在太少,或者世人过度地关注了他政治上的表现,忽略了他诗人的身份和浪漫的情怀。同样是饮酒,他要邀请天上的云作陪;同样是雪,他却将其比为天花坠落。这样的天真烂漫,这样的奇异想象,颇有诗仙李白的气质。只是天不遂人愿,白云太过于傲娇,天花也没

南宋·马远《华灯侍宴图》

有落下,只留下诗人痴痴等待。

"晚来雪意已填空",其实只此一句就足以点亮全诗,雪虽未至,雪意已满,天空之中到处填充、弥漫着雪的气息,仿佛为一场盛大的开场营造浓郁的气氛。"更待天花落坐中"堪称是全诗的点睛之笔,乍读之下,仿佛有天花乱坠的错觉。传说南朝梁武帝时,云光法师讲诵《涅槃经》,绘声绘色,感动了上天,天上的香花从空中纷纷坠落。故事固然虚幻,可南京雨花台却因此得名。按理说儒者不语乱离怪神,而王安石不仅仅是儒士,也虔诚于佛教。"天花落坐",不知是否得意于佛教传说,但至少这种美感是相近的,把雪花作为天花,这种比喻也是贴切的。

雪还未落,酒未开启,不等于说诗人和朋友就没有了娱乐的方式。这首诗不就是最好的说明吗?吟诗作对,仰望天空或许是更适合此刻的消遣方式。我几乎可以想象,在这样一个隆冬的时节,在一场酒宴开始之前,一个诗会已经悄然开始,在吟诗作赋中,雪花如期而至,酒宴因此开场。兰亭雅聚的吟诗尚且需要流觞曲水,需要一定的游戏规则,而这场诗会完全是随兴而起,不期而遇。雪花配酒固然是一种绝妙的搭配,那么对于一群文士来说,诗词与雪的碰撞应该是这个冬天更好地打开方式吧!

寒雀无声满竹篱 冻云四幂雪将垂

宋代女词人,除了李清照,当属朱淑真。男人看雪,多有一份爽迈;女子看雪,便有三分感怀。

欲 雪

宋·朱淑真

寒雀无声满竹篱,冻云四幂雪将垂。
北风不看人情面,控勒梅花不放枝。

如果说别人的冬、别人的雪、别人的梅是千篇一律或大同小异的话,朱淑真笔下的冬、雪、梅却着实透着几分与众不同的气质。不仅仅是因为她是女人,会更敏感,更重要的是她是才女,信手拈来,便是清词丽句,娓娓而谈,皆可阐发幽情。那些男人感受不到甚至完全忽略的细节,在她的笔下却可以纤毫毕现的展示。就像李清照比卷帘人更敏感于雨后海棠一定会"绿肥红瘦"一样,朱淑真早已认定,梅花的迟迟未开,是因为北风的不看人情,压抑摧残。

别人写出来的,都是对雪的期待。朱淑真的笔下,到处是

宋·艳艳女史《草虫花蝶卷》

雪来前冬的寒冷与无情。没有经历过深深庭院之中的孤寂寒冷，就没有资格评论这样一位优秀的女词人为何看不到冬的阳光与希望。朱淑真常常感到孤独，这孤独不仅来自于外界压抑的礼教，还来自于内心不被理解的忧虑，更是来自于婚姻不能在精神上门当户对的失落。固然，人的一生注定是孤独的，不管与谁结婚，也不管有多少朋友，人生在世，面对的、依靠的只有踽踽独行的自己。朱淑真号"幽栖居士"，颇有"白兔捣药秋复春,嫦娥孤栖与谁邻"的感觉,对于朱淑珍,才华是其不堪承受的负担,这种孤独显得尤为深重,她的冬天格外寒冷。

女性在古代的地位实在是过于卑下,即便是像李清照这样千年不遇的女词人,这个官宦人家的女眷,也仅仅在《宋史》中,其父李格非的传记后以一句"女清照,亦善文"一笔带过。虽然如此,李清照是幸运的,她生在一个开明之家,婚后又能与丈夫琴瑟和睦,还能有诗文传世。但大多数才女和她们的才华一起,湮没在历史的滚滚风尘之中。我深刻记得,上海博物馆有一件叫《草虫花蝶卷》的经典藏品,设色典雅、笔法精工,初见之下,使人爱莫能舍。其作者艳艳女史,不过是南宋封州一官吏的小妾,而这幅画也是其流传在世的唯一一件作品,其他画作均已不存。一个小妾犹能如此,而漫漫几千年中,女中奇才又有多少人?她们曾经闪耀过的天空还在,但再也无法看到甚至无法想象她们绚烂的光芒。她们被历史无情地选择性遗忘,被那个时代麻木的集体性失忆。同样,朱淑真身后存诗寥寥,其生前呕心沥血的创作,死后被其父母付之一炬。

贾宝玉说,水做的女人,看见女人便清爽。大观园中这一众女子,哪一个不是才貌双全?恰恰在第五十回,芦雪庵争联即景诗里,也是这么一个寒冷的时节,十二钗吟诗作对,好不热闹。有多少锦心绣口的词句,非女子而不能。只是再好的庭筵,只能一晌贪欢,再美的烟花,只是一时璀璨,随之而来的便是永久的冷寂。这群鲜活的生命,最终难免"寒塘渡鹤影,冷月葬花魂"。

朱淑真所在的世界着实冷,冷得鸟雀无声,冷得冻云四羃。

一庭寒意沉沉静 正是江天欲雪时

天地间最安静的时刻,应该是大雪将降未降之时。天地间最安静的地方,应该是水天相接之处。

欲 雪

宋·姜特立

啸侣饥鸢愁古木,啼群冻雀聚疏篱。

一庭寒意沉沉静,正是江天欲雪时。

冬天是寒冷而安静的,人生一世,草木一秋。朝菌不知晦朔,蟪蛄不知春秋,夏虫不可语冰。人类习惯了季节变换,习惯了岁月更替,习惯了冬天的到来。可是人间草木,尘界生灵,有多少从来没有见到过冬天?它们有春天的苏醒、夏天的繁盛、秋天的成熟,却唯独没有冬天的影踪。它们在春天起舞,在夏天喧嚣,在秋天感叹,却唯独在冬天陷入了沉寂,也让冬天突然陷入了宁静。

鸟雀是见过世面的,只是那些陪伴它莺歌燕舞的花花草草,夏虫秋蝉到如今一个一个的从它的生命里消失。一入寒

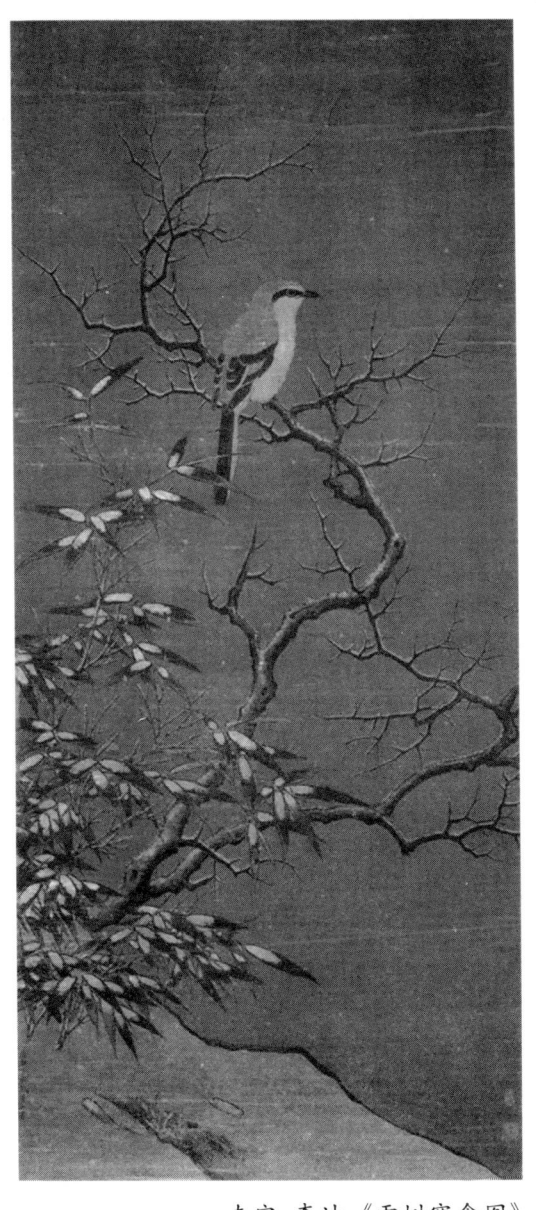

冬，它们才知道自己已经变成了一个孤独的存在。还好它们不像人类那样情感丰富，也比人类更擅长忘记，无人相伴，寒意相逼，它们只是没有了翩翩起舞的雅兴，只想安静地蜷缩在某个静静的角落，梳理身上的翎毛。

没有了鸟雀活跃的庭院，也是安安静静的。人类虽不冬眠，但到底没有往时活跃，或者更愿意把室外的活动转移到室内，把向外的努力变成向内的追求，既

南宋·李迪《雪树寒禽图》

无鸟雀,又无人声,庭院显得尤为沉静。天地已铺好宣纸,等待着一场大手笔的出现。

江天相接,是最阔大的境界,江中倒映着天空,仿佛是无边的宇宙。江面与天空一样安静,仿佛时空就此静止。所以每当此时,人的内心是最"涤除玄鉴"的时刻,是最"静怀观照"的时刻,也是最适合放下杂念,静静参天悟地的时刻。这样的情景,只适合一个诗人独立苍茫,洞穿玄机;生花妙笔,一吐为快。江天欲雪的寒意,早已充盈,只等待一场洋洋洒洒地飘落。

因为欲雪,所以安静,因为安静,所以为冬。冬的美在于它的安静,静能了群动,沉静智慧生。冬是一场总结也是一场反思,它走过看过的太多,它经历了凡此种种,它以前的脚步太过匆忙,它需要一个漫长的时间去回溯过往的时光,登顶回望来时的道路,它需要展望未来,需要更好的积蓄和清醒的规划。

江天欲雪,正是适宜闭门高卧的时刻。寒气凌人,正是围炉读书的大好时机。春秋狩猎,冬夏读书,这不是千百年来的良好传统吗?大梦谁先觉,平生我自知;卧虎藏龙,养精蓄锐,运筹帷幄,谋盘布局正在此时。

残腊长空欲雪天 须臾盈尺兆丰年

宋玉的《风赋》开头就是这么一段话,楚襄王游于兰台之宫,宋玉景差侍。有风飒然而至,王乃披襟而当之,曰:"快哉此风!寡人所与庶人共者邪?"宋玉对曰:"此独大王之风耳,庶人安得而共之!"风本没有生命,没有雄雌之分,也不独为君主所共享,但王宫之中对风的感受与贫民窟之中的感受完全不同,这也是帝王与贫民生活的天壤之别。那么帝王的欲雪天是什么样子的呢?

宫　词

宋·宋徽宗

残腊长空欲雪天,须臾盈尺兆丰年。
燮调都在臣工力,遣使荣颁两府筵。

题董邦达山水十二幅·其十二千林欲雪

清·乾隆

寒天黯淡冻林愁,结撰真非画者流。
何必粉皴方是雪,别开生面突营邱。

宋徽宗赵佶与清高宗乾隆都是热爱文化的皇帝，一个喜欢绘画，一个爱好写诗。宋徽宗创制了"瘦金体"，流传至今的画作《瑞鹤图》《芙蓉锦鸡图》都是稀世珍品。乾隆皇帝一生创作诗歌41863首，是名副其实的"诗词皇帝"。他们的欲雪天，有令人期待的不同视角，有非比寻常的别样风味。

就艺术成就而言，宋徽宗是远在乾隆之上的。就这两首诗歌来说，乾隆的诗更有艺术气质。宋徽宗的诗是有很浓郁的帝王口吻、宫廷气息、应制风格的，也最契合他皇帝的身份。以瑞雪兆丰年来祈祝来年的丰收，将承平的功劳归于辛勤的臣工，并恩赐盛宴奖励。相对来说，乾隆的诗并不出于政治功用的目的，就画论画，反而显得自然真切。

乾隆在这首诗中既是就画论画，也提出了绘画的艺术性的问题。那就是"结撰真非画者流"，意指画的构思与匠人之画和没有情感深意的写生完全不同。这充分说明了乾隆对写意画的重视和认可，也代表了中国文人对画作审美的普遍认识，即重视写意。董其昌说过："画山水唯写意水墨最妙。何也？形质毕肖，则无气韵；彩色异具，则无笔法。"明代徐渭说过："不求形似求生韵，根据皆吾五指裁。"宋代陈与义写过这样一首诗《和张规臣水墨梅五绝》其中有两句"意足不求颜色似，前身相马九方皋。"无论是"写意水墨""不求形似求生韵"还是"意足不求颜色似"，这些历代评述都指明了中国画重意不重形的特质，甚至认为"形质毕肖""彩色异具"的写生是对写意的妨害，因此给予的评价不高。

当然由于主题不同，仅仅通过两首诗并不能简单评价两位皇帝诗歌的艺术特性，而且宋徽宗的文艺水平也远远在乾隆之上。但是乾隆皇帝对于艺术的痴迷则极为罕见，除了优待沈德潜等诗人，自己潜心于创作之外，连给自己当太上皇预留的倦勤斋房子墙壁上，都镶嵌满了诗歌。一个诗歌发烧友甚至比一位伟大的诗人更能表现出对于诗歌的疯狂，艺不能至，心向往之，这应该也是让人十分钦佩的精神吧。

帝王笔下的雪，无论是其应时应制的雍容还是其闲散萧疏的文艺，都与寻常百姓家的雪是不同的，就像到了下雪天，大观园里诸位小姐在踏雪寻梅，烤鹿作诗，而寻常百姓家的刘姥姥要考虑日常生计，如何过年。大概这也就是所谓的"帝王之雪"和"百姓之雪"的差别吧！

第二章 来报雪花坠

画堂晨起 来报雪花坠

盼雪百日,雪来一时。承载着太多人对欲雪天的期待,雪终于翩然而至,姗姗来迟,终于一睹快冬日,一雪慰相思。

清平乐

唐·李白

画堂晨起,来报雪花坠。
高卷帘栊看佳瑞,皓色远迷庭砌。

盛气光引炉烟,素草寒生玉佩。
应是天仙狂醉,乱把白云揉碎。

从有记忆开始,雪常常在不经意时落下,给人出乎意料的惊喜,或是在不自主回望的一刻,或是下意识抬头的瞬间。雪的最不经意,是在夜半时分飘落。当你还在裹着厚厚的被子,梦正做得香甜的时候,雪花却一片一片,悄然而至。一觉醒来,未见晨阳,已见窗子闪着亮光;未闻人声,已听鸟儿叽叽喳喳。开窗一看,呵,雪已半尺,外面早已经是洁白的世界。

唐·杨升《蓬莱飞雪图》

　　李白的诗从来不矫揉造作，也不过度修饰，给人最直观的感受。早上起来，忽闻下人来报外面下雪了，卷起窗帘，看庭院台阶上迷人的雪色。这不正是夜雪之后，平常人都有的行动和感受吗？李白的诗，总是这么自然亲切，那时候六朝已去，洗掉了脂粉铅华；那时候格律初兴，尚未有太多规则要求限制。李白以天纵之才,秉承着秦汉至唐以来优良的诗歌传统,避开了"四声八病""六议六对"以及逐渐定型的格律诗的太多束缚,洒脱不羁,清丽自然,清新脱俗,清爽流畅。

中国诗歌的发展,是不断在前人基础上求新出变的过程。这种求新出变,不仅是朝代之间有变迁,如唐变六朝,宋变唐。即便在同一个朝代的不同时期,不同的诗人也不断在前人基础上创新发展,如学杜甫的诗人就有白居易的浅易讽谏,李商隐的雕润密丽等不同风格。这既是诗歌发展史的必然,也反映了后代诗人"我口所欲言,已言古人口。我口所欲书,已书古人手。不生古人前,偏生古人后"的无奈,这种感觉李杜之后的唐代诗人有,宋代诗人有,元明清及以后各代诗人都有。

前一段乌鲁木齐下了好大的雪,一时诗兴大发,写了一首律诗,其中有一句"揉碎白云"之句,还自以为得意,没想到今天读到李白这首词"乱把白云揉碎"之句,才明白,原来一千二百多年前早已被别人说过。王安石说"世间好言语,已被老杜道尽。世间俗言语,已被乐天道尽。"其实何止现在的我们,面对唐代的一座座高峰,早我们1000年前的宋代诗人已经感叹无诗可写。北宋最大的诗派"江西诗派"为了改变这一局面,专宗杜甫,化用前人诗句,自称"点铁成金",甚至说"老杜作诗,退之作文,无一字无来处,盖后人读书少,故谓韩杜自作此语耳。"如此看来,真是我读书太少的缘故。

李白笔下的雪,有见雪描雪的自然写实,有瑰丽生动的比拟比喻,更有意出尘外、天马行空的想象,感情在一步一步升温,但依然不失赤子之心,不失热烈真挚,不失诗歌风味。李白的人生放浪不羁也郁郁不得志,这固然是他自视甚高,不合时宜,但纵观他的一生,游侠、干谒、吟诗、交游;上动朝堂,下接江湖;娶故宰相之孙女,受玉真公主引荐,唐玄宗亲为调羹,也不失为一种丰富和辉煌。后世的人,往往容易站在历史的高点去评价前人,总以为自己做事会更加高明,殊不知,只是在自己常常不容易过好的人生里,班门弄斧般对古人指指点点。李白是诗人,又不仅仅是诗人,好在世俗没有泯灭他一颗纯净的心,所以李白眼中的雪,单纯、天真、浪漫、耐人寻味。

今我来思 雨雪霏霏

雪是时令的代表，是冬天的代名词。漫天飞雪之时往往能触动最深挚的情感，留下最深刻的印记。如果回溯往事，在人生中搜索那些难以忘却的片段的话，你一定能记得住那一场纷纷扬扬的大雪，甚至一场雪足以成为一个民族的文化记忆。

诗经·小雅·采薇

> 昔我往矣，杨柳依依。今我来思，雨雪霏霏。
> 行道迟迟，载饥载渴。我心伤悲，莫知我哀。

这是一首戍卒返乡诗，在我还不知道这首诗出自于《诗经》的时候，就已经会背诵这句诗了。有些人写了一辈子的诗，有些人用一辈子写一首诗。都说浓缩的就是精华，这首诗写尽了一个戍卒的青春岁月，也写尽了千百年来千千万万个戍卒的青春乃至人生。征戍岁月的艰辛;背井离乡的苦楚，在遇到这场大雪的一刹那，喷薄而发。用数十年艰辛的人生，凝聚成这两行短短的诗句。

少年不知愁滋味，初读这两句诗的时候，只觉得美好，既简单又让人过目难忘。没想到这是一个"少小离家老大归,乡音未改鬓毛衰"的故事。"行道迟迟,载饥载渴。我心伤悲,莫知我哀。"虽然这一路风尘仆仆,又饥又渴,但是这远远不是作者的悲伤,作者的悲伤是别人根本无法读懂的,这悲伤是深深埋藏在心底,无从倾诉默默承受的悲伤,"谁解其中味"?

在一个戍卒的歌声里,他或许并不擅长用文字来表达时间的变迁。而是选择了他能看到的依依杨柳和如今感受到的纷纷白雪。也正是这样的直白吟唱,反而让诗歌更具有画面感。这首经典的诗,也许曾经经过采诗官的筛选,也许经过乐师的雅正,也许还经过了孔子的删述。但是我更愿意相信,这句诗能成为"诗三百"中最佳的诗句之一,一定源自于诗作者本初的真挚感人和发自肺腑的自然

南宋·刘松年 《雪山行旅途》

歌唱。

《采薇》这首诗是深得后人喜爱的。《诗经》和"楚辞"作为中国诗歌的源头,对后世的影响源远流长。《采薇》的这种表达方式,被后世诗人纷纷效法。魏晋时期曹植的《朔风诗》"昔我初迁,朱华未晞。今我旋止,素雪云飞。"陶渊明的《答庞参军》"昔我云别,仓庚载鸣。今也遇之,霰雪飘零。"都能看到这首诗的影子。

虽然我并不知道,归来后的戍卒究竟看到了什么,但是我大概能够猜测,迎接他的多半不是朱门酒肉,更有可能是瓮牖绳枢的"天寒白屋贫"。这与"杨柳依依""雨雪霏霏"是多么明显的对比啊,用乐景而写哀情,更能想见歌者内心的悲伤。

愿欢攘皓腕 共弄初落雪

我几乎可以想象这样的画面,女子纤弱的手臂伸向天空,去迎接这冬天飘落的第一片雪花,罗襦微微滑落,露出纤细洁白的手腕。这一定是一个年轻单纯的女子,未经世事的眼睛才对这世间的一切充满着好奇,才会容易满足于这样简单的快乐。

子夜四时歌·冬歌十七首其十一

魏晋·无名氏

朔风洒霰雨,绿池莲水结。
愿欢攘皓腕,共弄初落雪。

《子夜四时歌》是南北朝乐府民歌,相传为晋代一名叫子夜的女子创制。既为民歌,自然通俗易懂;既为女子创作,也自然清丽喜人。

更何况这首诗选自于郭茂倩的《乐府诗集》,本来就是配有音乐,用于歌唱的歌词。似乎字里行间,隐隐带着一缕缕魏晋的旋律。

远古的诗歌都是"诗乐舞"结合的,只是越发展到后来,分工越明细,诗歌越来越变成文人之间的吟咏,失去了原来舞蹈和音乐的功效。魏晋时代,去古未远,诗歌还没有完全倾向于表辞达意的方向,"礼失求诸野",在乡野山林,老百姓还在自由欢乐的歌唱,乃至于载歌载舞。可不是吗?愿欢攘皓腕,共弄初落雪,本身不就是一种舞蹈吗?《诗·大序》曰:"诗者,志之所之也。在心为志,发言为诗,情动于中而形于言。言之不足,故

现代·黄均《仕女图》

嗟叹之。嗟叹之不足,故永歌之。永歌之不足,不知手之舞之足之蹈之也。"如果仅凭话语不足以表达心情就会生发感慨;如果感慨还不足以表达情绪就会歌咏;如果歌咏仍觉不足,那就手舞足蹈,载歌载舞吧!"李白乘舟将欲行,忽闻岸上踏歌声"不就如此吗?平民老百姓是单纯的也是直白的,"饥者歌其食,劳者歌其事",而这首冬歌,不正是有感而发,有歌咏、有舞蹈的吗?

一个"愿欢"道出了这不是一个人的喜悦,是情侣间的相约?还是伙伴的狂欢?都说恋爱中的人都能成为诗人,这当然包括这个唱歌的女子;都说恋人眼中的世界都是这么美好,当然也包含这样一个初雪降落的时刻。而集体劳作是农业社会的中国最经常看到的景象,就像相约采莲的那群少女,也像"采采芣苢"的三五妇人,她们辛勤持家,四季劳作,既是村居邻里又是劳作伙伴,在某一天共同在田园有说有笑的时刻,一场雪不期而遇的来临。

初落的雪,还不是很大,甚至很多时候,第一场雪刚接触地面就已经融化。但即便如此,初落就已经足够珍贵,哪怕是星星点点,也足以点燃内心的欢欣愉悦。因为珍贵,便横生了几分怜爱和珍惜,便忍不住在其香消玉殒之前细细把玩。也因为珍贵,她要去主动地承接,赶在雪花落地之前,便早早将手臂伸向天空,用指尖感受这刚刚落下的冬日的精灵。这一切的美好在一刹那定格,在一首民歌中传唱,在一卷乐府中流传。

微风摇庭树 细雪下帘隙

对于细数着光阴过日子的人,于庭院内看雪也算是难得的好光景。不过再好的光景,也要凭看雪人的心情。

咏雪诗

南北朝·吴均

微风摇庭树,细雪下帘隙。
萦空如雾转,凝阶似花积。
不见杨柳春,徒看桂枝白。
零泪无人道,相思空何益。

很早便喜欢上了吴均的文章,《与朱元思书》至今尚能随口拈来,只是吴均的诗,还是第一次读,因为要写书的缘故,难免要搜罗材料,临时抱佛脚去各朝各代中搜寻,读到这首诗的开头两句,竟有些细细地安静来,心头不觉微微一颤,然后看诗作者,吴均,原来是旧相识。《梁书·吴均传》说他的文章"文体清拔有古气"被称为"吴均体",虽然他写的《吴均集》二十卷早已亡佚,不过从他存世的文章来看,确实名不虚传。而读他的诗,只

觉得和文章一脉相承，清雅简澹，如清风扑面，不胜欢喜。

微风摇庭树，细雪下帘隙。对这句可谓一言触动，一见钟情。在帘子的缝隙里看雪，雪细细在下，世界的一切都很安静。微风轻轻摇动树枝，这雪究竟是来自于天上还是来自于树梢？一切都不得而知，只知道雪下得很安静，风很安静，看雪的人也很安静。雪花在轻风中萦回，如同旋转在薄雾之中，落在台阶上，像杨花一样堆积在那里。庭院的雪，原来可以这么地美。虽说像是杨花，但到底不是，

现代·胡也佛《仕女图》

这隆冬季节,杨尖柳梢枝叶萧条,春天的到来依然遥远而漫长,竟又忽然觉得那桂枝上的雪也不再那么可爱了。这深深的庭院,竟没有可以共叙幽情的人,只有无尽安放的相思之情。

庭树、庭花是庭院中不可或缺的存在,寂寞春闺,深深庭院,几十年的岁月锁在这窄小的院落里,本来可以朝夕相处的事物并不多,如果有的话,那棵树算是陪伴最久的一个。从少女时的待字闺中到为人妇后的庭院深深,古代女子的一生,都交给了那狭小的院落。在家从父,出嫁从夫,但无论是父是夫,都不是时时相伴,甚至是经久难见,反而是院子里的树木花草最忠实,它们在此扎根,在此朝朝暮暮的陪伴。庭树与女子成了相对最久的"伴侣",她们之间也诞生了许多的故事。相传薛涛八岁能诗,他的父亲曾指着庭院的梧桐以"咏梧桐"为题,吟了两句诗:"庭除一古桐,耸干入云中";薛涛应声即对:"枝迎南北鸟,叶送往来风"。其父闻后,除了讶异她的才华,更觉得这是不祥之兆,恐其女今后沦为迎来送往的风尘女子,后来薛涛果然入娼籍。传言固不可信,不过庭树确实与女孩成长相伴,树下戏耍,一同长大。传言江南人家,如果生了女儿,就会在庭院之中栽上一棵香樟树,待出嫁之时会把那树做成家具,作为嫁妆。江南的水土养人,树也长得旺盛,连准备嫁妆的方式也如此充满诗意,人与树共同长大,树又和人的休戚相关、命运与共。

如果一个人没有好心情,世界哪里都不会感觉到风景。雪是美的,只是无尽的相思破坏了看雪人的心情。纵使有"杨柳春",如果没有归人,又哪里有心情去观看呢?温庭筠那首《望江南》不是如此吗?"梳洗罢,独倚望江楼。过尽千帆皆不是,斜晖脉脉水悠悠。肠断白蘋洲。"纵使有江山景色如此，也难免伤心。而金昌绪的那首《春怨》更是有趣"打起黄莺儿，莫教枝上啼。啼时惊妾梦，不得到辽西。"梦不到归人，谁又有心情欣赏这无边春色呢？连清脆的鸟叫也让人听了心烦。"庭院深深深几许"，越是这样的下雪天，越是有这样的安静，反而越增深了内心的寂寞和寥落。

南朝的咏物诗最为出名也深受诟病。出名是因咏物诗实在是多，他们或君臣相聚或名士相集，咏笔墨纸砚，咏楼阁亭台，咏歌姬舞女，在那样一个写诗重视对偶、辞藻和典故的时代，如果没有点才华，所写的诗真的没有勇气拿出来。诟病则多是后代诗人认为失去了风雅比兴的传统，缺乏深刻的内涵和寄托。其实南朝开始重视诗歌的艺术美，开始在形式上进行探索，既是一种大胆的创新，又是诗歌发展的进步和必经阶段。不过，吴均的这首《咏雪诗》，虽是写于南朝时代，其清新脱俗，简澹高逸，确实让人眼前一亮。

雪花开六出 冰珠映九光

你有没有仔细端详过一片雪花,从天而降的时刻,每一朵都是无可挑剔的精品,仿佛再大一分,便会有碍于它的精致,所以它们生而玲珑小巧。

郊行值雪诗

南北朝·庾信
风云俱惨惨,原野共茫茫。
雪花开六出,冰珠映九光。
薛君一狐白,唐侯两骕骦。
寒关日欲暮,披雪渡河梁。

在查阅资料的时候,对于庾信,我是满怀着期待的,很想看一下这样一个名动江东的伟大诗人笔下的雪是什么样子,哪怕是只言片语也好。很幸运,在故纸堆里,我看到了这句"雪花开六出,冰珠映九光。"都说南朝的诗歌"彩丽竞繁",只是能绚烂如此而又艳丽脱俗的,能兼有绮丽又不失豪迈的,必是大师的手笔,庾信当之无愧。

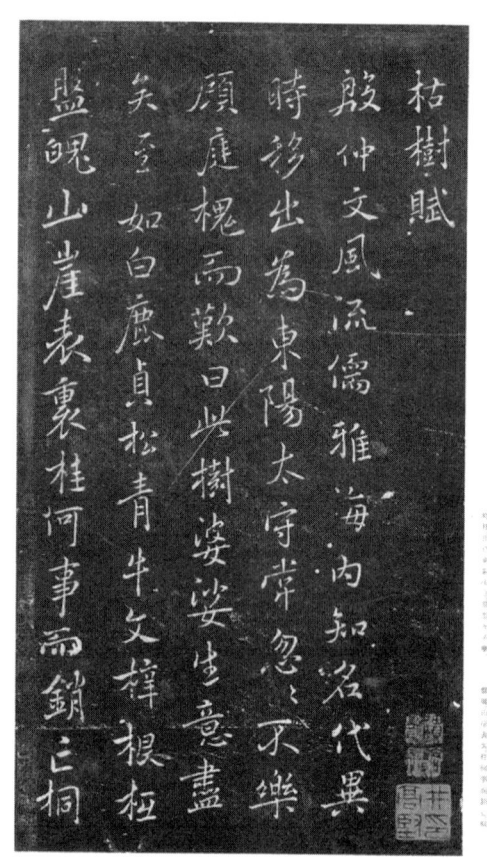

南朝的诗人很多，记起来姓名的却很少。南朝的文章很多，记得起篇名的却寥寥无几，南朝的赋最出名，而真正让人吟诵触发，不忍舍弃的，庾信的《哀江南赋》算是难得的名篇。经历过亡国之痛，改朝换代，生于江南，羁留江北；家学的渊源，过人的才华，丰富的阅历，跌宕的人生，都注定庾信在同时

唐·褚遂良书法庾信《枯树赋》

代中遥遥领先，让其他诗人望尘莫及。

"庾信文章老更成，凌云健笔意纵横"，这是杜甫对他的评价。庾信晚年久居北方，所以他的诗歌兼具南北之长，杜甫说他"暮年诗赋动江关"，看惯了浮华也越来越能读出人生的真趣，仅此一篇之中，便有"雪花开六出，冰珠映九光"这样的南方诗歌风格的精巧，又有"寒关日欲暮，披雪渡河梁"这种北方诗

歌的气势和浑成。"雪花开六出",雪那么细小,谁会拈起,一片片细细端详?也只有诗人会如此细致地观察一朵小小之雪的形状,"冰珠映九光",光那么微弱,谁那么细心,去留意冰珠的色泽?也只有诗人会留心那小小的冰珠上折射的绚烂的光芒。这些细致的美,只有诗人善感的心灵才能精确完整地捕捉。

庾信出生于一个官宦文化世家,"幼而俊迈,聪敏绝伦",这个家族"七世举秀才""五代有文集",他的父亲庾肩吾为梁代中书令,父子二人均以文才闻名。庾信自幼随父出入宫廷,后来又与徐陵一起任东宫学士。可谓家学渊源深厚,文学成就很高。这样的家庭环境,又加以丰富的学识和长年的诗歌创作,造就了庾信很高的文化审美。世间的花多为五瓣,雪花却偏偏有六瓣,所以又叫六出。世间的色彩本只有七种,而冰珠折射出来的却灿若云霞,是《海内十洲记·昆仑》记载的:"锦云烛日,朱霞九光。"诗人的内心,不仅藏着世间的美好,而且隐藏着一个吉光片羽、五彩斑斓的仙境。

泛柳飞飞絮 妆梅片片花

在世人的印象里，唐太宗李世民是千古明君的楷模，可能这样的光环太过于耀眼，以至于让世人逐渐淡忘了他对文学的贡献，淡忘了贞观群臣对于初唐诗歌风尚的引领，也淡忘了那尘封在史册里的绮丽诗篇。

咏 雪

唐·李世民

洁野凝晨曜，装墀带夕晖。集条分树玉，拂浪影泉玑。
色洒妆台粉，花飘绮席衣。入扇萦离匣，点素皎残机。

望 雪

唐·李世民

冻云宵遍岭，素雪晓凝华。入牖千重碎，迎风一半斜。
不妆空散粉，无树独飘花。萦空惭夕照，破彩谢晨霞。

喜 雪

唐·李世民

碧昏朝合雾,丹卷暝韬霞。结叶繁云色,凝琉遍雪华。
光楼皎若粉,映幕集疑沙。泛柳飞飞絮,妆梅片片花。
照璧台圆月,飘珠箔穿露。瑶洁短长阶,玉丛高下树。
映桐圭累白,萦峰莲抱素。断续气将沈,徘徊岁云暮。
怀珍愧隐德,表瑞仵丰年。梁间飞禁苑,鹤处舞伊川。
傥咏幽兰曲,同欢黄竹篇。

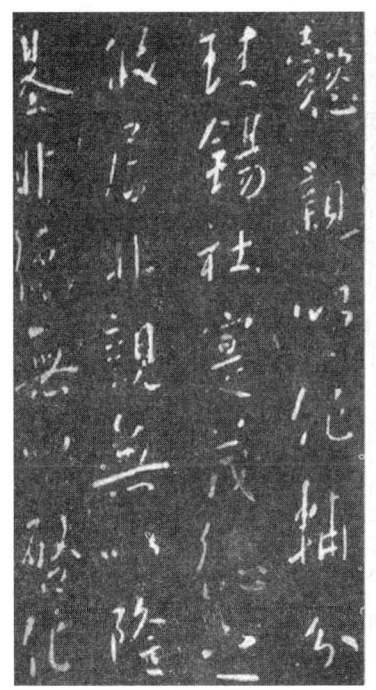

唐·李世民 书法《晋祠铭》

如果隐去作者的名字，世人很难想象，这么清绮华采的诗篇出自于千古一帝唐太宗李世民之手。就像人们很容易记得他浴血于战场，屠戮于宫廷，纳谏于朝堂，威震于四海一样，而忘记他出身于关陇贵族——陇西李氏这样一个百年望族的身份。正如前文所言，贵族之所以为贵，一个重要的特征便是深厚的文化素养，身为贵族子弟的李世民，在还没有登临帝位的时候，自然少不了这样的熏陶。

在隋统一全国之前，南北经历了几百年的分裂与对峙，隋经二世而亡，很多融合在唐初依然继续，诗歌的融合就是其中的一个方面。齐梁的文风虽然绮靡，但是对文学艺术的探索远远超过北朝，也格外具有吸引力。这一时代虽然重视南北文风"各去所短，合其两长"，但是对声律辞藻的运用日渐纯熟，日趋精妙。

唐太宗爱好文艺，或者说这是一个贵族家庭子弟最基本的修养。唐太宗存世的诗歌并不太多，但是咏物咏景的诗歌就有五十余首，占了不小的分量，而仅仅以雪为题的诗歌就有三首。而这些诗歌都是华美典雅，精工雕琢。"洁野""装墀""树玉""泉玑""萦空""破彩""璧台""珠箔""瑶洁""玉丛""幽兰""黄竹"，只觉珠玉满眼，辞藻华美，用典丰富，带着浓重的六朝雕琢的特色。

没有一定的文化修养，读不懂这样的诗歌，没有一定的艺术修为，写不出这样的诗歌。这样的诗歌固然华丽，固然炫才但又何尝不是作者高洁、美丽、诗意心灵的映射？是的，他是史官笔下的帝王，是将士心中的将军，是历代儒家推崇的明君，是后世政治家眼中的雄主，饱经战火的江山、广袤复杂的天下、多灾多难的黎民、波谲云诡的朝堂、虎视眈眈的夷狄、盘根错节的门阀需要他去休养，治理，抚慰，平衡，征伐，清理，只是人们独独忘却了，他有他内心深处自己的世界，每每在夜深人静，幽居独处时，他又何尝不是一个诗人！

后人常常因为文艺而苛责一个帝王，认为痴迷于文艺而导致国家的衰败，李后主痴迷于写词而亡国，宋徽宗热衷于书画而被俘，这些都是无知浅薄之语。岂不知一个王朝的积重难返，是各种复杂的矛盾和因素的长期积累，君主的那点个人兴趣绝不会是主要的因素。亡国之君，多处在矛盾无法缓和的火山口，王朝到此时即便唐宗宋祖再生，也回天乏力了。再者，大凡皇族，哪个皇帝从小不接受苛刻的文化教育呢？那些历代明君，有几个在文化上没有可圈可点之处呢？正如后人不会将热爱文艺作为导致国家兴盛的原因一样，热爱文艺也并不导致国家灭亡，甚至连一个重要因素都不是。不信的话，请君再读帝王诗。

春雪满空来 触处似花开

雪与梅从来都是不可或缺的存在,不仅是在特殊的时节、特殊的气候下相伴而生,更因为形色相近、相得益彰而往往使人们联系在一起。

春 雪

唐·东方虬

春雪满空来,触处似花开。
不知园里树,若个是真梅。

这是一场初春的雪。虽然依旧有料峭的春寒,但天地已经回暖,远没有冬雪来得沉重,光一个春字,就让人读出一片生机来。初春的雪,一定是大片松散的飘落,不似彤云密布的冬日,那么密实的挥洒,所以挂在树枝之上的,是像柳絮一般的蓬松,像花朵一样的轻盈。这是一场大雪,满空都是雪花,所以这场雪能装点园子的每个部位、每一个树梢,就像是花开了一般。

这一定是一园的白梅,不然诗人不会区分不出雪与花来。雪与梅注定是要被诗人联系在一起的,他们同样出身于寒冬,却又同样卓尔不凡,在这万物凋零的冬季,可观之物本就极少,梅与雪成了这园中难能可贵的珍稀之色。雪的颜色与梅的气味,洁白与清香,堪称双绝。王安石说"遥知不是雪,为有暗香来",说的正是这样的清香。"不知园里树,若个是真梅。"正是这样相似的洁白。梅与雪本各有特色,宋代卢梅坡有句诗,说得很公道,"梅雪争春未肯降,骚人搁笔费评章。梅须逊雪三分白,雪却输梅一段香。"雪与梅本无高下之分,只是惺惺相惜,相衬相伴,世人也多因为梅而格外留意雪,因为雪而更加看重梅。

一首诗总有一两处闪亮你早已审美疲劳的眼睛,"触"无疑是点睛之笔。雪的降临,仿佛不是仅仅像花那么简单,而是有了生命的力量,像是春神句芒,手指轻轻一点便能让枯枝生出花来。而雪也确实给人以这样的直观感受,只是轻轻地落在枝丫,就仿佛梨花盛开一般,顿时让整棵树有了生的活力,有了美的视觉感受。

《春雪》这首诗,很能读出点唐人的味道来,不为别的,就为那短短二十个字,就写出了满纸的生机盎然,满纸的意趣横生。陈子昂最看不上武则天时的馆阁诗人一味醉心诗律,而对时任《左史》的东方虬却颇为赞

宋・王岩叟(待考)《梅花诗意图》

赏,《寄东方左史修竹篇书》中称其《咏孤桐篇》骨气端翔,音韵顿挫,颇为体现唐诗的风骨。如今东方虬所存的诗歌只有四首,《咏孤桐篇》未能流传于世,不过通过《春雪》一篇,也能想见其未传世作品的气质。陈子昂的理论主张对唐代诗歌的发展方向有了很大的影响,而东方虬的诗歌,更是在理论上的践行,不仅开了唐代初期的风气,也能在其诗作中看出盛唐诗歌的端倪。

一点消未尽 孤月在竹阴

见过断桥的残雪,见过梅梢的残雪,独独没有见过竹下的残雪。断桥有残雪,是因阳光并不能普惠光泽,断桥桥面受光不同,背阴面的雪总是消融较慢,而向阳面的雪早已不存。梅梢有残雪,是因温度的差异,大地已经回暖,雪刚触地,已融入泥土,而枝头依然孤寒,还能留得下雪。那么竹下的残雪呢?大概是竹子太茂,竹阴太浓,所以消解得自然缓慢。这么一点残存的雪,一定隐藏在竹林的深处,如果不是月光的照耀,如果不是善于发现美丽的眼睛,或许很难被发现。

竹下残雪

唐·丘为

一点消未尽,孤月在竹阴。
晴光夜转莹,寒气晓仍深。
还对读书牖,且关乘兴心。
已能依此地,终不傍瑶琴。

月光可以和很多美好的事物相配,比如竹子,比如雪。如

五代·徐熙《雪竹图》

果说雪铺白了大地的话,那么月光就是给万物披上一层轻纱。赏竹下的雪,要有隐于竹下的人,如此方有意趣,如此才是相看两不厌。宿于竹下的人,一定与竹有着共通的品质,如此才配得上与幽竹为邻。魏晋时代的士人,谈玄讲道,睥睨世俗,唯独愿意相聚在竹林之下饮酒作文,结庐言欢,大概这就是竹下的魅力吧。

日光下的雪与月光下的雪,有很大的不同。日光因其绚烂,所以映射在雪上,也觉光芒四射。月光则因其柔和,映照在雪上,只觉青光隐隐,又因夜光清冷,行走在月夜下的竹林,能感觉到浓重的寒气。这样幽静清雅的环境是特别适合做一些雅事的,我大概能想象这样的场景,就像王禹偁在《黄州新建小竹楼记》里描述的那样，"夏宜急雨，有瀑布声；冬宜密雪，有碎玉声；宜鼓琴，琴调和畅；宜咏诗，诗韵清绝；宜围棋，子声丁丁然；宜投壶，矢声铮铮然；皆竹楼之所助也。"而每逢残雪未消，月光来临之时，这里的主人大概也会"被鹤氅衣，戴华阳巾，手执《周易》一卷，焚香默坐，消遣世虑"吧。

结庐在此，远离喧嚣，远离世俗之乐，是最适合读书的。中国很多名人都有过隐居深山读书的故事，时至今日，大匡山、庐山、嵩山、终南山、岳麓山、珞珈山等名山还留有先贤读书的故事。丘为年少时科举屡屡不第，多年隐居在深山之中读书，山水林泉或许很早涵养了他的自然之趣、淡薄情操，所以他便成为唐代最早的那一批田园诗人，王维特别推崇他，并常常和他一起唱和。

与那些假隐士相比，丘为是真诚的。南朝齐代时期的文人孔稚珪，在《北山移文》中，以假借山林的口吻对假装隐居山林而真心向往荣华富贵，"乍回迹以心染，先贞而后黩"的所谓隐士加以尖锐的讽刺，丘为年少时隐居山中读书，为官后依然不失山林之趣。与那些谪居之人相比，丘为是自觉主动的。如果说王禹偁这样的谪居诗人是被迫无奈的自得之乐，那么丘为是对于山水田园自发的热爱，颇有几分"竹篱茅舍自甘心"的味道。有道是"嗜欲深者天机浅"，丘为一生活了九十六岁，是唐代最高寿的诗人，或许正是得益于淡泊寡欲的态度和林泉之趣的滋养吧。

柴门闻犬吠 风雪夜归人

这场雪感动了一千多年来的中国人,大概在很多人记忆的深处,在人生的某个时刻,都经历过这样的风雪夜。

逢雪宿芙蓉山主人

唐·刘长卿

日暮苍山远,天寒白屋贫。

柴门闻犬吠,风雪夜归人。

不是每一个隐居在山中的人,都会有一栋别墅。王维在前辈宋之问山庄的基础上营建了辋川别业,唐太傅白居易隐居洛阳香山,晋太傅谢安隐居东山,今天看来,他们都属于达官显贵。家境殷实的孟浩然也有自己的涧南园,但对于大部分山中的农人和普通的隐士来说,大概只有这座贫寒的"白屋"可以遮风避雨。

隐居是需要实力与资本的,并不是一句远离世俗,遁于深山,便可以不食人间烟火,不知柴米油盐。人是社会的动物,就要受制于这个规则的社会。"白屋"固然清贫,可是很多居士甚至连白屋都没有呢。前一段时间不就有媒体报道,终南山的农民给山上的房屋房租涨价,于是一时之间,逼得各种居士不得不搬迁,纷纷还俗,可不正是连隐居都不可得吗?

这首诗所以出名,大概是很真实的还原了生活,用寥寥数语展现了一个贫寒之家的生活,一个羁旅之人的情境,旅客暮夜投宿,山家风雪人归。我总是有这样的臆想,这

明·唐寅《柴门掩雪图》

个白屋里住的不是普通人,而应该是一个读书人,很可能就是作者的朋友,芙蓉山这么美丽的山名,住在这里的该是一个隐士。古代的大多数士人在寒微之时,总有那么数年甚至数十年埋头苦读的经历,穷读而前途渺茫的日子总是十分难捱,风雪夜归莫不是考试归来?亦或是求师而归。但更可能的,这是一

个清寒人家,白屋的白,在这样的冬夜只会让人觉得更加寒冷,柴门的柴,尤能显示户主身份的寒微,家境清苦,就不可避免为生计而奔波,柴门犬吠,风雪夜归,尤显得生活不易。

那些成功成名者,年轻时谁没有经历过孤寒的时光?谁没有柴门白屋、风雪夜归的经历?日暮苍山,愈显悲凉,那些经历过大风大浪的人,谁不曾发过"日暮途穷,人间何世?"的感慨。"桃李春风一杯酒,江湖夜雨十年灯。持家但有四立壁,治病不蕲三折肱。"江湖十年,已经有这样的感慨,而人生漫长,道路曲折,人注定要经历困苦也要勇敢面对困苦,在经历苦其心志,劳其筋骨,饿其体肤之后,最终从困苦中走出来。曾国藩说"养活一团春意思,撑起两根穷骨头",越是困境之时,人越是要有点精神,有点乐观的心态。等到岁月已过,回首往事,这将是一段艰难而快乐的岁月,这将是人生不可多得的财富。

飞舞北风凉 玉人歌玉堂

这是一场属于侯王的雪,一场歌舞升平的雪,一场富丽堂皇的雪,一场醉生梦死的雪。雪成了宴会的背幕,人成了台前的主角。拉开帷幕,侯王与宾客、歌姬与舞女纷纷登场。

对 雪

唐·许浑

飞舞北风凉,玉人歌玉堂。
帘帷增曙色,珠翠发寒光。
柳重絮微湿,梅繁花未香。
兹辰贺丰岁,箫鼓宴梁王。

这是一场丝毫感觉不到寒冷的雪。杜牧在《阿房宫赋》里写道,"歌台暖响,春光融融。"这样的场景大概就是诗中"玉人歌玉堂"的模样。北风的寒冷丝毫没有影响屋内融融的春意。这不是一场寻常的歌舞,仅"玉堂"二字,便足以证明主人尊贵的身份。还记得《红楼梦》中,"葫芦僧乱判葫芦案"一章,门子给贾雨村的"护官符"里,第一句就是四大家族中的贾家,"贾不

贾，白玉为堂金作马。"玉堂是身份的象征，是贵族之家才能有的配置。这场雪一开始，便身世不凡。

这是一场朱门弦歌。大概杜甫写出那句"朱门酒肉臭，路有冻死骨"的时候，红墙里面正在上演着这样的歌舞。这里的歌姬绝非是什么庸脂俗粉，能称得上"玉人"，能登得了"玉堂"，除了有几分姿色以外必然有过人的才情，至少要能和扬州杜牧船上"玉人何处教吹箫"的"玉人"平分秋色。大概更可能是杜甫笔下"态浓意远淑且真，肌理细腻骨肉匀"的丽人，带着点王室的贵气。更何况自古美玉配美人，这玉人必然有几分倾城、几分艳冠，方不负那发着寒光的珠翠。

清·袁江《梁园飞雪图》

一切都富丽堂皇得这么理所当然。侯府如何赏雪,今人已经很难全知,仅在小说和笔记中可窥见一斑。《红楼梦》第四十九回"琉璃世界白雪红梅,脂粉香娃割腥啖膻"里,史侯家的千金、荣国公贾源的长媳、贾府的最高统治者贾母与大观园中丫鬟小姐踏雪寻梅便能看出一二。而在这玉堂之中一同赏雪的人物如何,我想,至少也如大观园中十二金钗方不负盛名。

这本是一个可以华丽结尾的故事。只是正如海德格尔所说的"去蔽"一样,每一场华丽的背后都隐藏着许多不为人知的故事。那在"玉堂"之上的"玉人",她们轻盈的舞姿下,也有一颗同样轻盈的心吗?她们中有多少人是像被宋康王强夺的舍人韩凭之妻,像被楚王灭息国之后纳入宫中的"桃花夫人",像被大宋灭南唐、西蜀之后被迫无奈的"小周后""花蕊夫人"一样的身世呢?又有多少是沦落的贵族女眷,就像贾府没落之后沦为歌姬的史湘云。当然,这"玉堂"之上的"玉人",又有多少出身寒微但不甘于贫贱,勤学才艺以求惊艳公卿,像卫子夫、赵飞燕那般拼命努力改变自己命运的人。

华丽的背后,隐藏的最大故事,就是侯王本人。王府的歌舞,何尝没有几分"杯酒释兵权"的气息,满堂的莺歌燕舞、醉生梦死何尝没有几分韬光养晦、借酒消愁的味道?明代优待藩王,藩王之奢靡,仅仅从今天残存的遗迹去揣度,就足以令人震撼。在山西大同博物馆,我见过明代藩王的陪葬俑,可谓声势浩大,十分惊人。也见过河南卫辉潞简王的陵墓和湖北襄阳襄宪王的王府遗址,阔大壮观。可是在明代,这些外表风光无限,享尽世间荣华的藩王甚至连自己的王府都不能出,丰厚的家产,广袤的田庄,朝廷的重赏,足以让这些诸侯在宽阔的王府里挥金如土,消磨岁月。即便不是明朝,历朝历代也会有各样限制诸侯王的举措,除了歌舞与吟诗作乐,几乎找不到任何施展的余地。诸侯内心的酸楚,可以在三国时期曹植徙封雍丘王之后的一次上书中读出:"植常自愤怨,抱利器而无所施,上疏求自试曰:冀以尘雾之微补益山海,荧烛末光增辉日月。"可是即便如此苦苦哀求,而自始至终,曹植依旧未能如愿。当古代百姓羡慕金尊玉贵、锦衣玉食的王室生活的时候,谁能明白,欲戴王冠,必承其重,任何常人不能享有的东西背后所要付出的,必是常人不能承受的代价,谁能体会那句"何苦生在帝王家"?

雪,纷纷扬扬在下,像是背幕,又像是主角,像是被观者,又像是旁观者。谁知道它多少次飘落朱门,又多少次见证过玉堂深宅、豪门大户里面的故事。

忽对林亭雪 瑶华处处开

作为启蒙教材,《唐诗三百首》的开篇之作,便是张九龄的《感遇》,那句"草木有本心,何求美人折"的清高志趣至今仍为人们千古传颂。以至于我在很小的时候,一直以为张九龄只是一个诗人,而竟不知道他还是大唐的宰相,著名的政治家。这也难怪他眼中的雪,这么光明磊落,这么透彻无私,这么气度不凡。

立春日晨起对积雪

唐·张九龄

忽对林亭雪,瑶华处处开。
今年迎气始,昨夜伴春回。
玉润窗前竹,花繁院里梅。
东郊斋祭所,应见五神来。

世人总喜欢以雪比花,张九龄亦然。只是张九龄眼中的雪,像是瑶池仙境的花朵。皇宫本为禁苑,皇帝又自称天子,这样的比喻若是从别人嘴里说出,还略显托大,但是张九龄不一

清·郎世宁《雍正十二月行乐图赏雪》

样,他是当朝的宰相,又处在开元盛世,常常出入大明宫,随侍禁銮左右,从他的口中说出,是极为贴切的。

立春是古代重要的节日。农业社会的中国,以干支纪年,立春是一年的岁首,意味着新的轮回,万物起始,万象更生。甚至在秦汉之前,是比正月初一更重要的节日。汉代以后,依然将祭祖祈年,驱邪禳灾、农耕庆典等国家重大活动放在立春期间举行。宰相为百官之首,为最高行政长官,在这一日,要总领统筹各项重大活动,诗的末句"东郊斋祭所,应见五神来"不就是很好的说明吗?

宰相是有自己的使命的,这一使命不在于事无巨细,事必躬亲,而在于统揽全局,调和天下。汉宣帝时期,宰相丙吉对路旁群人斗殴不加理睬,反而对喘息吐舌的牛倍加关切,随行的属官对此不解甚至嘲笑,认为宰相不关注人而去关心牛,"前后失问"。面对这样的质疑,丙吉的回答十分精彩,时至今日仍然发人深思。《汉书·丙吉传》记载,丙吉说:"民斗相杀伤,长安令、京兆尹职所当禁备逐捕,岁竟奏行赏罚而已。宰相不亲小事,非所当于道路问也。方春未可大热,恐牛近行用暑故喘,此时气失节,恐有所伤害也,是以问之。"听完此话,属官心服口服,认为宰相识得大体。在一个王朝之中,每一位官员都有自己的管理边界与职守职责。宰相重视耕牛是因为关系节气,而节气又关系农业生产和百姓生活,至于斗殴之事,则是公安司法系统的职责。所以丙吉才问路边生病的牛而不问街上斗殴的人。张九龄是一代名相也是开元盛世的重要开创者之一,对于节气的格外敏感,也就不难理解了。"今年迎气始,昨夜伴春回",连节气这么细微的变化都已经观察到,那么对于天下事,必然早已洞察并了然于心了。

  张九龄不仅是宰相,也是诗人。"玉润窗前竹,花繁院里梅。"又重新回到了眼前的雪景里来,一场雪不仅增添了天地的洁白与清气,连窗前的竹子,雪水浸润,冰霜冻结,也更加朗润起来,雪落梅梢,梅雪难分,院里的梅花似乎又开得更加浓密。看物可知主人,中国的文人雅士向来喜欢在宅院之中种植品性高洁的植物,陶渊明的宅院"三径就荒,松菊犹存",张九龄的庭院之中栽种的有什么植物,至今不得而知,但至少有竹子和梅花,并在这个下雪天,给出了浓墨重彩的一笔。梅与竹不正像作者在《感遇》"兰叶春葳蕤,桂华秋皎洁"中提到的兰和桂吗?

这又何尝不是屈原诗中的香草美人,又何尝不是作者自己的化身和内心的映射?

孔子的时代,诗歌用于朝聘宴飨、外交辞令,是贵族必备的学问,"不学诗,无以言"的典故就是出自这里。此后诸朝,诗歌在政治中都扮演着重要的角色。我们很难想象,在唐代前期,科举考试中最受重视的进士科,是以诗赋取士的。中国是一个诗的国度,几千年以来,诗歌是高贵的,诗人是受人尊敬的,诗歌创作是上至皇亲贵族下至平民百姓都乐于并积极参与的活动。对诗歌水平的掌握,不仅体现着个人的修养,也体现了一个家族的文化水平。大唐是诗歌的盛世,皇帝创作诗歌,宰相创作诗歌,臣工创作诗歌都是极为普遍而平常的事情,张九龄的雪,显现的是气度雍容的大唐,是那个煌煌诗歌盛世的冰山一角。

白雪纷纷何所似 未若柳絮因风起

这是一场顶级贵族的家庭集会,这是一场千载扬名的雪,这是一个中国文学史、文化史上的著名故事。

世说新语

谢太傅寒雪日内集,与儿女讲论文义。俄而雪骤,公欣然曰:"白雪纷纷何所似?"兄子胡儿曰:"撒盐空中差可拟。"兄女曰:"未若柳絮因风起。"公大笑乐。即公大兄无奕女,左将军王凝之妻也。

如果说中国有贵族时代的话,那一定是魏晋时期。如果说中国最有影响的贵族家庭,那一定是王谢家族。王谢家族的出现,是时事与历史的偶然结果,是君权与门阀的合作产物。王谢家族在东晋是首屈一指的,乃至在后世历朝历代,都没有这么深重的影响。"王与马共天下",淝水一战定乾坤,时至今日,我们依然能在史册的字里行间看到当年的家族盛况。考评一个贵族家庭,权力的大小、物质的多寡固然是重要的指标,但是最为重要的是这个家庭的文化底蕴和家族子弟的文化素养。在那个兵连祸结的时代,学在官府已经名存实亡,家庭教育异军突起，这也造成了贵族家庭对于文化的垄断以及家族内部的人才辈出。王家自不待言，不为其他，仅仅是书法领域，"二王"的出现至今无人超越。与之齐名的谢家子弟如何卓越，不看政治方面，不看军事领域，即便是一次小小的家庭聚会，也可管中窥豹，看到冰山一角。

贵族家庭是十分看重文化教育的，也因此会常常举办文化活动，一次兰亭集会，就足以光耀历史。此外邺下集会，梁园雅聚，西苑集会数不胜数。明清时期的《红楼梦》中也有自发组织的海棠诗社、桃花诗社等。谢家这样的顶级门阀，集会自然不在少数。在一个寒冷的雪天，谢太傅举行家庭聚会，和子侄辈的人谈论诗文。忽然，大雪飘落，正是考验子侄的时刻，谢太傅高兴地说："这纷纷扬扬的白雪像什么呢？"他哥哥的儿子说："把盐撒在空中差不多可以相比。"他另一位哥哥的女儿谢道韫说："不如比作风把柳絮吹得满天

清·黄山寿《咏絮才高图》

飞舞。"谢太傅高兴地笑了。一场雪,一句诗歌之间,成了二人才华高下的判别,谢道韫也因此赢得了千古才女的称号。

在这场闻名千古的聚会中,只留下了这么一个精彩的瞬间。当时还有谁在场,书中没有记载,如今已经不得而知,我们也更不知道当天的聚会,大家都谈了哪些诗歌。但我翻阅过这一时期谢家的家族谱系,知道这一坐之中,无论是谁,都是在当时名重一方的人物。《世说新语·言语》中有另外一个故事,谢太傅问诸子侄:"子弟亦何预人事,而正欲使其佳?"诸人莫有言者。车骑答曰:"譬如芝兰玉树,欲使其生于庭阶耳。"谢玄的回答不可谓不精彩,这也正好回答了为什么这些门阀士族要培养优秀的子弟,就像是那些芝兰玉树,总想使它们生长在自家的庭院中。所以也难怪谢安对谢玄开始另眼相看,大概是他从那时候起,就已经有了与众不同的气质了吧。

其实真正的贵族,对于文化修养的看待远远超过其他。即便是寻常人家也是注重"诗礼传家""耕读传家"的,有一句话叫作"道德传家,十代以上,耕读传家次之,诗书传家又次之,富贵传家,不过三代"。这句话是"富不过三代"的由来,但东汉以后的世家大族常常兴盛数百年而不衰,正是由于比起财富,这些家族更注重子弟的文化教育。被南宋著名藏书家陈振孙誉为"古今家训之祖"的《颜氏家训》里,有这么一段话:"不得以有学之贫贱,比於无学之富贵也。且负甲为兵,咋笔为吏,身死名灭者如牛毛,角立杰出者如芝草;握素披黄,吟道咏德,苦辛无益者如日蚀,逸乐名利者如秋荼,岂得同年而语矣。"颜家世代钻研《周官》《左传》,从东汉以来人才辈出,唐代注释《汉书》的颜师古,书法家颜真卿都是颜门子弟。2018年,李芳芳执导的纪念清华校庆100周年的电影《无问西东》上映,出身将门的沈光耀跪在母亲面前背祖训那一段至今让人印象深刻,而所背"祖训"内容,正是这一段话。千载之下,依然让人不禁感动,这大概代表了贵族家庭的普遍共识吧!

风卷寒云暮雪晴 江烟洗尽柳条轻

雪晴时分大概是天地间最清爽的时刻,风吹散了云雾,雪净化了空气,积雪又将这茫茫大地的衰颓冬景覆盖;长城内外,惟余莽莽,大河上下,顿失滔滔,是适合作诗的时候。

霁 雪

唐·戎昱

风卷寒云暮雪晴,江烟洗尽柳条轻。
檐前数片无人扫,又得书窗一夜明。

诗歌的意象,总是出奇地相同;诗人的选择,总是出奇地一致。看到《霁雪》这首诗的时候,我脑海里涌现出了很多的诗句,也让我想到了很多的诗人。"寒云""暮雪",使我想起了金代元好问的《摸鱼儿·雁丘词》:"君应有语,渺万里层云,千山暮雪,只影向谁去?"看"江烟""柳条轻",使我想到了唐代杜审言的《春日江津游望》"烟销垂柳弱,雾卷落花轻。"至于"檐前数片无人扫,又得书窗一夜明。"则分别想到了北宋王安石的《书湖阴先生壁》"茅檐长扫净无苔,花木成畦手自栽"和北宋苏舜钦的《淮中晚泊犊头》"春阴垂野草青青,时有幽花一树明"。

元·曹知白《群峰雪霁图》

这么一首诗,竟有这么多的诗歌与之辉映,并非是因为这是一首不可跨越的名篇。而是由于中国诗歌和文化的传统所决定的,既是对《诗经》比兴手法的传承,也是对楚辞"香草美人"意象手法的承继,诗人们更愿意用特定的意象来表达特定的事物,久而久之,很多诗篇,很多词句,便觉得相像。正如王逸在《楚辞章句》里面说的那样:"善鸟香草,以配忠贞;恶禽臭物,以比谗佞;灵修美人,以媲于君;宓妃佚女,以譬贤臣;虬龙鸾凤,以托君子;飘风云霓,以为小人。"《诗经》和《楚辞》是中国诗歌的源头,2500年来,历代诗人学诗写诗,无不从这里启蒙,而历代诗词引用,又常常运用里面的意象,意象的意义逐渐固定,意象的使用逐渐成为习惯,意象的重合就不可避免。

  一首好诗就是一幅好画,《霁雪》既当是诗,也当是画,而且是一幅十分干净的画。这幅图就像是倪瓒笔下的画,笔法简净,笔意无穷,我想到了《容膝斋图》,此刻的诗人端坐斋中,看到的也该和我们画外人一样,是江天萧疏的景色吧!"晴""轻""明"是多么轻快的字眼,是多么明净的设色,是多么晴和的风格,与题目之霁雪是多么地吻合,让整首诗都明快起来。

  我隐隐想妄加揣度,那"檐前数片无人扫",是没人肯扫吗?大概不是,诗人不就在吗? 只是这檐前的不是青苔,而是白雪,是诗人自己不愿意扫去,不忍心扫去吧!那一夜明的书窗,不正是读书人内心的洞达与干净吗?看着这雪,不知是否会想起当年映雪而读的孙康,

  看到屋子墙壁的洁白,身上袷衣的洁白,手中书卷的洁白,不正恰恰配上这雪光,映照得这书房更加透亮吗?

不知庭霰今朝落 疑是林花昨夜开

在朝为官的士人，遇到重大节庆或皇家盛事的时候，往往会被要求作诗，这些诗通常称为应制诗。应制诗易写难工，而且多是吹嘘之词，缺少真情实感，所以很少能有佳作。但凡事都有例外，对于真正称得上一流的诗人来说，从来就不存在难写的题材，更多时候，规则局限只是才华不足之人的借口。那些学富力雄的诗人，真的是"昆乱不挡"，规定动作也好，自选动作也罢，总能写出令人拍案叫绝的佳作来。宋之问便是一个很好的例子。

苑中遇雪应制

唐·宋之问

紫禁仙舆诘旦来，青旂遥倚望春台。

不知庭霰今朝落，疑是林花昨夜开。

在知道这首诗之前，很早便知道了那句"不知庭霰今朝落，疑是林花昨夜开。"那还是上大学担任《红楼梦》学会副会长的时候，当时专门以此为题在校报上发了一篇纪念林黛玉的文章。时至今日，得知这句诗出自于应制之作后，更是叹服不已。

宋·宋徽宗《文会图》

宋之问的才华是毋庸置疑的，他无愧于那个时代最出色诗人的称号。

宋之问的应制诗写得有多好，如果仅凭一篇诗歌尚觉"孤证不立"的话，那么翻开史册，时至今日，依然流传着他的传奇故事。"武后尝游洛南龙门，诏从臣赋诗，左史东方虬诗先成，赐以锦袍。俄，(宋)之问诗献，后览之嗟赏，更夺锦袍赐之。"武则天游龙门，让群臣作诗，左史东方虬最先写完，武则天便把锦袍赐给他作为赏赐。不大一会儿，宋之问也写好了，武则天读完赞叹不已，也不顾金口玉言，把锦袍从东方虬的那里收回来，重新赏赐给了宋之问。

武则天的评赏可能还有个人喜好的成分，而在唐中宗时期的群臣赋诗中，宋之问的才华则得到满朝的公证、众臣的公认。"中宗於正月晦日幸昆明池赋诗，群臣应制百余篇。殿前结彩楼，命上官昭容(上官婉儿)选一篇，为新翻御制曲，从臣悉集其下。须臾，纸落如飞，各认其名怀之，惟沈(佺期)宋(之问)二诗不下。又移时，一纸堕，竞取观之，乃沈(佺期)诗也，评曰：'二诗工力悉敌，惟沈(佺期)诗落句云'微臣凋朽质，羞观豫章材'，词气已竭。不如宋(之问)云'不愁明月尽，自有夜珠来'犹健举也。沈(佺期)乃叹服。"唐中宗让群臣作诗，上官婉儿审读选诗，百余篇诗歌纷纷落选，唯独两篇诗歌难分高下，一篇是宋之问的诗歌，一篇是沈佺期的诗歌，最终宋之问因为诗歌精神气质的积极高昂而夺魁。宋之问不仅技压群僚，甚至连与之齐名，并称"沈宋"的沈佺期也给比下去了，足以见宋之问才学出众，屡经检验，独步当时，并不是浪得虚名。

将雪比作花，既非首创，又并不新奇。难能可贵的是这两句诗被宋之问写得这么工整、这么生动。"不知"与"疑是","庭霰"与"林花","今朝落"与"昨夜开",对得天衣无缝,妥帖工稳,更值得赞叹的是,读起来的时候并没有觉得有太多刻意对偶的痕迹,而更觉有一种情感的自然流露。宋之问是律诗的开创者,从这简单的一首诗中,已经能看出格律基本定型的影子。诗中最美的意象,无疑是"庭霰"和"林花",给人以视觉的美感和艺术的心动,不直接写庭雪和梨花,而是用更具美感、更有画面的这两组词来替代,足见这一字一咏之中诗人的独具匠心。

　　宋之问笔下的雪这么美,纵然相隔千年,依然美得让人心动,但他的人品官德却颇受时人及后人诟病,最终落得被玄宗赐死。"文如其人"很多时候不过是人们的一种期待,大概宋之问的心中原是有一片纯净无瑕的白雪,只是不幸最终落入了污泥沟渠之中。

近看琼树笼银阙 远想瑶池带玉关

南唐留给后人的印象,不是雄踞一方、金陵帝王州的气势,也不是物阜民丰、江南佳丽地的繁华,而是诗词歌赋的闻名遐迩,君臣唱和的人文韵事。

进雪诗

五代宋初·徐铉

欲使新正识有年,故飘轻絮伴春还。
近看琼树笼银阙,远想瑶池带玉关。
润逐簌簌铺绿野,暖随杯酒上朱颜。
朝来花萼楼中宴,数曲赓歌雅颂间。

江南之地,自古便是人文荟萃的地方,江南文化无论在任何王朝,都是别具一格的存在。汉唐宋元明清,由于国家一统、幅员广阔,各种文化的杂糅,江南文化虽然突出却并不唯一。而在割据时代,在分裂的政权中,反而突出了自身的属性,南唐恰巧是建立在江南之地的割据政权。

南唐一帝二主,三代君王中有两代皆文名卓著,尤其是后

南唐·顾闳中《韩熙载夜宴图》

主李煜,一变前代词体,一改前代词风,在晚唐五代别树一帜,影响深远。大臣之中,能诗擅词者更是比比皆是,冯延巳、徐铉是突出的两个。徐铉本为江南人,在南唐历经三朝,也许自觉不自觉间,诗的骨子里已经带着浓重的江南气息,这样的咏雪诗,也只有南朝君臣写得出来,细品之下,每一句都有金瓯杯盛着花雕酒的味道。

不为别的,只为这一句"近看琼树笼银阙,远想瑶池带玉关"就有足够的理由喜欢上这首诗,更何况还有那句"暖随杯酒上朱颜"。能把诗写成这样,让人不禁想套用《霸王别姬》里的一句台词"此境非你莫属,此貌非你莫有",而说句"此诗非你莫能"。诗中所用之词,无不是精金美玉,前半句已经写了"琼树"还觉得不够,要加上"银阙",后半句已经有了"瑶池"仍似意犹未尽,要加上一个"玉关"。而这些词,既符合雪景,又对仗工稳,还要符合平仄,不得不说确是费了不少心神,构思巧妙,匠心独运。仅这一句,皇家雪景历历皆在眼前,又仿佛浮光幻影,让人置身尘世之外,来到了瑶池仙境。不过,徐铉这首诗的美,还不止于此,如果说这两句的美主要在于用语的华丽的话,那么"暖随杯酒上朱颜",便有了很多生活的气息,有了雪天饮酒的生动感受。南唐的诗词就是这样,既用词华美,又精巧雅致,不脱离生活,还有真情实感。

江南很容易消磨斗志。物质的丰富,文化的繁荣,气候的适宜,实在没有理由再让这里的人对别处有什么其他的想法。"暖风熏得游人醉,直把杭州作汴州"不是很好的说明吗?南唐的士大夫,也过着日日欢歌、纸醉金迷的生活。南唐顾闳中的《韩熙载夜宴图》不就描述了这一时期文人家宴的盛况吗?仅一次夜宴,就有琵琶演奏、观舞、宴间休息、清吹、欢送宾客五段载歌行乐的场面,这样的奢华,放置于历朝历代,也是绝无仅有的。而恰巧,画中的主人公韩熙载与徐铉文名卓著,有相同的名望,当时并称"韩徐",徐铉的生活场景,大概可以想见。

南唐的文化繁荣,源自于经济的富庶,而诗词创作的成就只是文化繁荣的一种表现。可是后代人往往存在这样的偏见,认为南唐的灭亡源自于君臣沉迷于诗词,荒废了朝政。如果世事都如此简单,那么国家治理也就不那么复杂困难了。这种想法和夏亡于妺喜、商亡于妲己、西周亡于褒姒、南陈亡于张丽华的见解一样迂腐可笑。一个王朝的覆灭,是政治军事经济社会矛盾多方面因素的综合结果,岂是一个女人,一个爱好就能轻易决定的。不可否认,耽于诗词可能是一个因素,但是绝对不是主要因素,甚至连次要因素也不是,而只是一个很小的因素。南唐第一代国君李昪自然不用多言,在唐末藩镇割据中建国称帝,自然是有雄才。第二代国君李璟,世人只知道他"菡萏香销翠叶残,西风愁起绿波间""细雨梦回鸡塞远,小楼吹彻玉笙寒"的词句以及他与那个写过"风乍起,吹皱一池春水"的大臣冯延巳之间的诗词唱和,却忽略了他公元946年灭掉闽国,公元952年灭掉南楚的赫赫战功。

南唐到了李煜的手里,已经是北宋建国,五代十国中的其他政权要么被歼灭,要么纷纷归顺,天下大势已定的时候,"时来天地皆同力,运去英雄不自由",南唐覆灭只是早晚的问题,可即便如此,李煜及南唐依然苦苦支撑14年之久。成王败寇,已是前朝往事,功过是非,无非过眼云烟。历史是复杂而深邃的,并没有那么容易说得清楚,唯有这些留下来的诗词,今天依然浸润人心。

  历史上，在南唐之前割据江南的政权，还有东吴和东晋，以及宋齐梁陈。魏晋南朝的诗歌与南唐的诗歌相比，保留了对音律、用典、辞藻等形式美的重视，但南唐经历过唐代这样一个诗歌的鼎盛时期，所以在写作技巧上更加纯熟，格律的运用，让诗歌更加整饬典雅，炼字炼句让诗歌的内容和境象不断扩大，唐代诸多诗人的探索，让诗歌风格更加多元。所以，徐铉的《进雪诗》是站在唐人的高峰之上，融入江南的风物人情，加以宫廷的文化特色，更加圆转流美，更加风流别致，更加华丽动人。这场雪因为这样的高峰、这样的江南、这样的宫廷而格外让人心动。

第三章 闲尝雪水茶

窗印梅花月 炉烹雪水茶

这是一个人的岁月静好,一个人的诗意栖息,一个人的斋居独处。这个夜,只想安安静静的一个人,沏一杯清茶,看窗子上,月光洒下梅花的影子,听银壶中,雪水烹出碎玉的声音。

厢房夜坐

明·陈琏

六馆清如许,斋居寂不哗。
吟馀诗在稿,坐久烛生花。
窗印梅花月,炉烹雪水茶。
尘思俱荡涤,幽兴喜无涯。

夜深人静之时,最宜一人独坐。六馆清净,四野无声,对于文人来说,除了写诗,最好的就是有一壶茶了。长夜漫漫,最是清闲,也有时间在烹茶上下些功夫。烹茶本是雅事,最宜细细摆弄。茶叶、茶具、用水、火候自然是一件也不能马虎。况且月照窗棂,梅香穿户,烛影婆娑,无人叨扰,这么美好的夜,只有佐以好茶,才不算辜负。王国维说"最是人间留不住,朱颜辞镜花辞树",其实这话并不全对,还有一样东西最宜转瞬即逝,那就是冬日里的雪。这雪,是上天的馈赠,纯净无瑕;这雪,又是烹茶的上等好物,需要细细地采集,悉心地收藏。

烹茶是需要功夫的,这功夫不仅在茶叶,在用水上尤为讲究。《红楼梦》第四十一回,妙玉请林黛玉、薛宝钗吃"梯己茶",就有一段很经典的论述。黛玉因问:"这也是旧年的雨水?"妙玉冷笑道:"你这么个人,竟是大俗人,连水也尝不出来。这是五年前我在玄墓蟠香寺住着,收的梅花上的雪,共得了那一鬼脸青的花瓮一瓮,总舍不得吃,埋在地下,今年夏天才开了。我只吃过一回,这是第二回了。你怎么尝不出来?隔年蠲的雨水哪有这样轻浮,如何吃得。"妙玉是一个讲究人,这茶也自然与众不同。陆羽在《茶经》中把烹茶之水分为"山水上,江水下,井水次",而古人还有一种分类方法:一等水是天水,二等水是泉水,三等水是江水,四等水是河水。天水是泡茶的上

清·潘振镛《煎茶图》

乘之选,所谓天水就是大自然中的雨水、雪水、露水等。妙玉看不上隔年的雨水,而用雪水沏茶,可见天水之中也是有高下之分的,雪水就要比雨水更贵重一些。再往细处分,这雪水也有分别,妙玉用的雪是从梅花上采的,而且也不是寻常巷陌里的梅花,是远离红尘,在玄墓蟠香寺里开的梅花。这样的雪水本已不同寻常,又亲自收集,又仅得"一瓮",又在地下埋了五年,又总舍不得吃,如今才喝了第二回。茶还没喝,功夫已在茶外。

　　古人有多么精致,现在大多数人根本想象不到。妙玉论品茶时,说了这么一句话:"一杯为品,二杯即是解渴的蠢物,三杯便是饮牛饮骡了。"厢房夜坐所烹之茶,定然不是粗碗瓦瓯的解渴,不是金杯玉盏的华筵,而是素瓷静递的细细品啜。这茶适合这样安静而漫漫的长夜,也适合心无杂念、六根清净、世事无扰的闲人。《红楼梦》里薛宝钗给贾宝玉起了一个名字,叫作"富贵闲人",大概富贵的人才懂得清闲,像刘姥姥这样整天忙于农事的人,只能如白居易所说"田家少闲月"了。不过话又说回来,清闲才是真正的富贵,心中无杂事,夜晚睡得香又何尝不是难得的富贵呢?苏轼在《前赤壁赋》中"浩浩乎如冯虚御风而不知其所止,飘飘忽如遗世独立羽化而登仙""渔樵于江渚之上,侣鱼虾而友麋鹿,架一叶之扁舟,举匏樽以相属。寄蜉蝣于天地,渺沧海之一粟",这样的清闲,甚至是比富贵更可宝贵的事情了吧。《牡丹亭》里杜丽娘"停半晌,整花钿"的娟然,不正是岁月静好的最佳体现吗?当今社会快节奏的生活之下无处不是匆匆忙忙的脚步,又有谁能有这片得"天机"之闲心,去观赏"这春色如许""袅晴丝吹遍闲庭院,摇漾春如线"呢?反而是古人,他们更容易体察到自然的细微变化,草长莺飞,寒来暑往。"炉烹雪水茶""闲敲棋子落灯花"的快乐是我们匆匆吃着快餐,弓背敲打键盘体会不到的。

现代人总有自以为是的优越感,认为现代文明之下,人类一定会比古人精致。而实际上,这不过是现代人一厢情愿的意淫罢了。古人生活之精致远远超出现代很多人的想象。坚信"食不厌精,脍不厌细"的古人,一馔一饮无不充满浓浓的诗意。没有手机、电视、电脑的古人更能将生活中那些我们看起来仅有的每一件事情都发挥到极致,菜有几派几道几味,茶分几等几色几品,时至今日淮扬菜的刀工、闽菜的细巧依然让人叹为观止。连《红楼梦》中一道简单的茄鲞就需"把才下来的茄子把皮签了,只要净肉,切成碎钉子,用鸡油炸了,再用鸡脯子肉并香菌、新笋、蘑菇、五香腐干,各色干果子,俱切成丁子,用鸡汤煨干,将香油一收,外加糟油一拌,盛在瓷罐子里封严,要吃时拿出来,用炒的鸡瓜一拌就是。"难怪刘姥姥感叹"得十来只鸡来配他"。连吃一个小小的螃蟹,明代美食指南《考吃》里面记载的食蟹工具就

清·朱良材《竹里煎茶图》

有锤、镦、钳、铲、匙、叉、刮、针8种之多。即便是制药,也仿佛做的不是药,而是在做一件艺术品,《红楼梦》里薛宝钗因为从娘胎里带来的一股热毒,犯时出现喘嗽等症状,需要服用"冷香丸",而这药"要春天开的白牡丹花蕊十二两,夏天开的白荷花蕊十二两,秋天开的白芙蓉蕊十二两,冬天开的白梅花蕊十二两。将这四样花蕊,于次年春分这日晒干,和在药末子一处,一齐研好。又要雨水这日的雨水十二钱,白露这日的露水十二钱,霜降这日的霜十二钱,小雪这日的雪十二钱。把这四样水调匀,和了药,再加十二钱蜂蜜,十二钱白糖,丸了龙眼大的丸子,盛在旧磁坛内,埋在花根底下。若发了病时,拿出来吃一丸,用十二分黄柏煎汤送下。"这样的制法,就像书中周瑞家的说的那样,运气好的话至少也得三年的时间,虽然这样的药方有夸大之嫌,可是这何尝不是古人"炮制虽繁必不敢省人工,品味虽贵必不敢减物力"式的追求完美、工匠精神、不计成本、精益求精的体现呢。除却这些饮食日用,还有"千工床"、徽派砖雕、晋派门楼等等,无不体现着这种繁复精致之美。那时候的人们时间是那么充裕,那时候的工匠,几年、几十年、一生只做一件事甚至者几代人只做一件事,那时候的物件还不叫商品,衡量标准并不是时间、效率和利益,不是产量多少、回报多高,而是是否精工细作,是否巧夺天工,是否工艺精湛。

在科技高度发达的今天,我们常常用高高在上的眼光去评价古人,与我们所掌握的科学知识甚至"常识"相比,古人是那么的"无知"和"愚昧"。可是科学能清醒我们的认知却也封闭了我们的想象,我们并没有在实质上比古人获得更多的生活的幸福感。甚至早在几千年前,古人早已经在有意无意之中实现了西方近代以来所孜孜追求的以梭罗、海德格尔、艾默生为首的哲学家所提倡的"诗意的栖息",且不说受到老庄思想、佛道思想影响的如陶渊明、谢安、王维、苏轼这样的知识分子,即便是寻常百姓,他们也生活在一个充满神话的社会,他们会用神仙鬼怪去解释生活中今天用科学看起来很寻常,而在当时无法解释的现象。他们确信花草树木皆有灵性,会与他们对话,平等相待,他们确信有九重苍穹,有海外仙山,有灵芝仙草,有白兔捣药,有天女散花。他们的月亮里有嫦娥,有白兔,有吴刚,有桂树。他们的太阳是羲和与帝俊的儿子,每天从扶桑树启程东升西落。相对于今天人们"年年岁岁总相似",日复一日年复一年单调重复的日子,古人对待生活、对待节日更认真,更有仪式感,在我们今天看来基本没有什么差别的诸如二十四节气之类的节日,在古人眼中它们都是独特的,他们细致、庄重、虔诚地对待每一个节日,赋予每一个节日不同的内涵,用独有的庆祝方式庆祝每一个节日,在饮食、配饰、庆祝模式上迥然有别。

  人们或许认为,精致的生活必然与物质相关,与金钱相连,这话对也不全对,金钱可以带来锦衣玉食,可以带来宝马香车,甚至可以将人华丽装扮,可是却带不来"高级"的生活方式,而高级的生活方式,在于有一颗灵动之心来调配资源,所碰所触自会步步金莲,妙手生花。"炉烹雪水茶"的生活方式,对于物质并无太多的苛求,只是人人皆能有炉有茶,却未必人人都可有情有调。"炉烹雪水茶"体现的是对人生的尊重,展示的是生活方式的"高级感"。人要善待此生,要善待自己,不管何时何地,总要活出生命的尊严。

旋收松上雪 来煮雨前茶

隐士的生活，可以简单，也可以复杂。简单到一杯清茶，一餐素食便可以果腹。复杂到，这清茶需是用松针上的雪融化的水，再配上谷雨之前采摘炒制的茶叶方能做成。这素食，采自于山野老林，一番烹饪之下，能作出超越荤腥的珍馐美味。

喜友人过隐居

宋·曹汝弼

忽向新春里，闲过隐士家。
旋收松上雪，来煮雨前茶。
禽换新歌曲，梅妆隔岁花。
应惭非遁者，难久在烟霞。

隐士的生活是极简的，放弃掉复杂的人际关系，卸却沉重的世俗负担，回归山林，回归自然，没有功名利禄之心，舍弃竞逐攀比之念。在对外物的依赖上做减法，虽不至于吸风饮露，倒也能做到饮食清减。对物质需求及追逐所占用的时间减少，便腾挪出更多时间去追逐丰富的精神生活。对人事上的事情

现代·溥儒《煮茶图》

耗费心神的减少,便将更多精力投入到拥抱自然。也唯有隐居,才能安安心心地"旋收松上雪,来煮雨前茶。"

松树上的雪,大概天然带着一股松叶的清香。作为隐士,喜欢什么,完全不必掩饰。喜爱梅就取梅雪,喜欢松就用松雪,煮茶是为了自己适用,不必夸炫也没必要讨好别人。这茶不必名贵,也不会过度宣传和包装,只在谷雨之前,选一个心情好的时刻,在茶山上随意筛选,喜欢就多采一点,不喜欢就少采一点,喜欢清淡就采些茶芽,喜欢浓郁就采些成熟的叶子。自己采茶,自己炒青,自己储藏,自己烹制,这其中的趣味又岂是单单品茶所能比的?这沏出来的茶,只怕比上等的龙井、碧螺春、毛峰还要好些。这份心境怕是比在任何茶居雅舍还要舒畅。

这是一场冬天与春天的碰撞,这是一组冰清玉洁与繁花似锦的组合。冬雪遇见春茶,是切换时空的完美搭配。将冬的好处与春的优长结合得这么天衣无缝,啜一口茶,是冬天的甘甜佐以春天的清香,是两个季节一块沾满齿颊的味道。人是万物的灵长,茶与雪都是大自然的杰作,以一双妙手,调配自然的"精灵",是世间多么美妙的魔法。

隐居的人是诗意的,他的一双素履,踩过松软的苔藓,踩过厚厚的松针,踩过金黄的落叶。他的飘飘衣襟,沾过晨曦的草露,沾过仲夏的花香,沾过秋夜的月光。他的清俊面庞,吻过初升的朝霞,吻过缭绕的云烟,吻过山野的桃花。他那优雅的琴声,飞入岩穴的轻云,他那呜咽的箫声,弥漫空寂的山林。日月星辰是他的伴侣,青羊白鹿是他的朋友,他是落入凡间的天使,没有沾染尘俗的泥污,他是散落众生中的仙人,活出了世人钦慕的样子!

煮雪问茶味 当风看雁行

一个人的高贵,要看他贫苦而不是发迹的时候,看他贫苦时的行事做派,相与结交之人;看他贫苦时的情趣志向,道德操守。

送潘咸

唐·喻凫

时时赍破囊,访我息闲坊。
煮雪问茶味,当风看雁行。
心齐山鹿逸,句敌柳花狂。
坚苦今如此,前程岂渺茫。

"疾风知劲草,板荡识诚臣。"那么贫贱呢?贫贱识英雄。穷困潦倒,韩信依然仗剑而行;陋巷简居,颜回可以不改其乐。南阳诸葛,西蜀子云,在陋室之中不忘诗书;范仲淹紫云书院读书,虽然极为清苦,但依然放置素琴一张。凤凰在千仞之高的天空中翱翔,不遇梧桐始终不肯栖息,不是竹子始终不会进食。整日怀揣着破囊的潘咸,又有怎样的品格呢?喻凫说他"当风看雁行""心齐山鹿逸""句敌柳花狂"。其实,用不着这么多的描述,只一句"煮雪问茶味",其品格其为人便可窥探一二。

雪是品格,茶是品味。这茶应当是喻凫为潘咸所煮,也只有志同道合,品格相近之人,才配接席而坐,品尝这淡淡茶味。我几乎可以想象这样一个画面,两个文士,白衣胜雪,烹雪水,煮新茶,在那里谈诗说词,谈古论今。氤氲的茶香,蒸腾的轻烟,相谈甚欢,无所不言的主客二人。喝茶比喝酒还来得酣畅淋漓,兴致高时,举起茶杯,有大雁正好经过,风吹雁羽,风送雁声,风过竹林,风飘衣袂,风起茶鳞。茶喝到如此境界,物我两忘,宾至如归,方是尽兴。"煮雪问茶味",茶之味在水在茶叶,在烹制在评鉴,但真正的茶味在用心去品,有的茶里有风尘,有的茶里有往事,有的茶里有深情,有的茶里有道言,有的茶里有禅味。

辛勤的努力本已难得,安贫乐道更为不易。我很喜欢诗中的"坚苦"二字,是勤奋到了刻苦的境地,还是

明末清初·八大山人《双雁图》

淡泊名利,甘于清苦?我想二者都是有的。一分辛苦一分才,没有勤学苦练,哪里来的"句敌柳花狂"?没有逸隐之志,甘于清苦,以其才学,怎会"时时赍破囊",又怎是"心齐山鹿逸"?但不管是勤学苦读还是安贫乐道,一个"坚"字,至少说明了内心的坚定。历史中有太多的红尘过客,他们可能很闪耀也很精彩,但是今天很难再找寻他们的故事。如果不是这首诗,我们可能永远不会留意潘咸;而潘咸其人其事如何,除了存诗五首,在史书中,我再也没有找到他的影子。他的前路是否渺茫已经不得而知,但是我知道,无论他最终选择的是哪条道路,都是义无反顾的抉择,既不犹豫徘徊,又不迷茫感叹。

梅影春风里 茶声雪水边

江南的春来得比北方早些,梅花还在盛开,春风已经飘来。江南的梅花期很长,到了早春的时候,还有晚梅在开放,而此时山河大地早已是草长莺飞,姹紫嫣红了。

秋 怀

宋·洪咨夔

鹦鹉琵琶恨,融归十四弦。

拨寒红玉笋,拍暖绣金莲。

梅影春风里,茶声雪水边。

自怜还自笑,星发照婵娟。

杭州赏梅,往往分为三个阶段,即"探梅""赏梅"和"邂梅"。一月初,雪初落,梅半开。一月二月之交,是梅花盛开的时节,此时也是雪意最浓的时候。到了三月下旬,则是东风飘来,梅花谢幕的时节。春风里的梅影,应该是发生在"邂梅"的时候。此时天气渐渐回暖,积雪慢慢消融,绿草悄然萌生,也是踏青的好时节。冬与春还在交接,可以看得到两个季节的景致。冬有

近代·吴湖帆《梅景书屋图》

春意,春有冬景。

积雪消融,涣然冰释。封冻了一个冬天的杭州,渐渐盼得了春天的到来。三五友人到春江水岸,融化的冰雪早已暗涨了江面,松软的草茵、湿润的泥土散发着春天的清香。选一处阳光正好的地方,舀一瓢春江水,缓缓生起炉火,缕缕轻雾升起,丝丝柳风拂过,片片梅花飘落,裕衣冠帽上都落满了梅花的花瓣。

洪咨夔生活的时代,正是南宋坐稳江东,经济文化繁盛的时候。如果说早他50年的林升已经有"山外青山楼外楼,西湖歌舞几时休。暖风熏得游人醉,直把杭州作汴州"的担忧的话,而此时的临安城里的达官显贵早已是他乡作故乡,处在纸醉金迷、醉生梦死的时候。洪咨夔颇有文名,自然不会有那样的纨绔风气,但是南宋的富庶、临安的繁华以及自然环境的优渥,在他的笔下,不自觉地会流露出来。在文风上,悄然融进了江南的语调,反映了那个时代士人生活的画面。

江南之地建立的王朝,往往都不久长,东吴、东晋、宋、齐、梁、陈、南唐都是短时存在的政权,可是即便割据一隅,一有安稳之时、喘息之机,却总能在经济文化上开出炫美的花朵。南朝中的梁朝,仅仅"五十年中,江表无事",就已经让经济文化大为发展,令人侧目。更何况南宋存在了150年之久,南宋时的杭州,是世界上最大最繁华的城市,经济重心的南移、海上贸易的兴起、手工制造的发达,造就了繁盛的文化,也撑起了士人的风度。"梅影春风里,茶声雪水边"的恬淡安然,就是那个时代士人生活的一个缩影。这句诗里,不只是雅会雅集,更多透露出的是文化上的自信、生活上的优裕和发自于内心的融融春意。

送君归后 细写茶经煮香雪

辛弃疾的词,向来是不太好懂的。一来是长,二来喜欢用典,三来其英雄气质和波澜壮阔的人生经历,常人往往难以望其项背,在词的境界上,常常高于众人。要读懂他,很难。所以每每读辛词,都要下足了功夫。好在,辛词之中,常常有一些极简单又极为美好的诗句,一下子就能吸引读者的眼睛,让人欲罢不能。"送君归后,细写茶经煮香雪"便是如此。

元·赵原《陆羽烹茶图》

六么令

宋·辛弃疾

酒群花队,攀得短辕折。谁怜故山归梦,千里莼羹滑。便整松江一棹,点检能言鸭。故人欢接。醉怀双橘,堕地金圆醒时觉。

长喜刘郎马上,肯听诗书说。谁对叔子风流,直把曹刘压。更看君侯事业,不负平生学。离觞愁怯。送君归后,细写茶经煮香雪。

离愁别恨,世人在所难免。最早看江淹的《别赋》,正是青春期多愁善感的年纪,着实伤感过很长一段时间。文辞华美,文调感伤,文风旖旎。时至今日,依然记得里面的句子:

"黯然销魂者,唯别而已矣!况秦吴兮绝国,复燕宋兮千里。或春苔兮始生,乍秋风兮暂起。是以行子肠断,百感凄恻。"

"至若龙马银鞍,朱轩绣轴,帐饮东都,送客金谷。琴羽张兮箫鼓陈,燕、赵歌兮伤美人,珠与玉兮艳暮秋,罗与绮兮娇上春。惊驷马之仰秣,耸渊鱼之赤鳞。造分手而衔涕,感寂寞而伤神。"

"乃有剑客惭恩,少年报士,韩国赵厕,吴宫燕市。割慈忍爱,离邦去里,沥泣共诀,抆血相视。驱征马而不顾,见行尘之时起。方衔感于一剑,非买价于泉里。金石震而色变,骨肉悲而心死。"

江淹的《别赋》可谓是极尽感伤,虽说是一篇赋,但能写得如此生动蕴灵,让人动容,我想,也非江淹而莫能了,看来"妙笔生花"并不是浪得虚名,江淹也当之无愧是南朝顶尖级的才子。《别赋》写尽了各种离别的情状,也写出了各种无奈和悲伤。可不是吗?即便是今天,离别依然是让人难过的事情,更何况在那样一个通信不便，一别便不知有无来日的年代。"世间若无南北路，人生可免别离情。"离别，是中国文学中一个永恒的主题，也延续了一如既往的伤感。我还记得《诗经》中那个"自伯之东，首如飞蓬，岂无膏沐，谁适为容"的女子，"女为悦己者容"，意中人不在，连梳洗的心情都没有。记得张九龄的那句"自君之出矣，不复理残机"，心爱的丈夫远离，没有了愿为织布裁衣的人，索性不再去碰那织机。李清照在南渡之后孀居的岁月"风住尘香花已尽，日晚倦梳头。物是人非事事休，欲语泪先流"，最能代表这样的心境。可是直到读到辛弃疾，才明白，离别之后，一个人可以这样的度过，"送君归后，细写茶经煮香雪"。没有黯淡消沉，只有静静的优雅，静静的生活，耐心的等待，细细的花开。分别，不代表没有悲伤，只是将悲伤放到心底。分别，不代表打开心门，再迎新友，"春风满面皆朋友，欲觅知音难上难"，况且，也没有心情再去结识新的朋友，"曾经沧海难为水，除却巫山不是云"，悄悄地把心里的那扇门关闭，在只容得下一个人的心房里修篱种菊，等待春回，等待雁过，等待归来。我想，这才是分别之后该有的最高级的样子，在没有你的日子，我会把自己照顾得更好，让彼此宽心，也要以更好的样子在下次遇见你。我不会如俞伯牙般摔断瑶琴，"摔碎瑶琴凤尾寒，子期不在对谁弹"，只会继续弹好"高山流水"的曲子，不负这一生知己的情分！

辛弃疾的词，其实也并非难懂，只是需要细细品味，深思细琢。辛弃疾一改五代北宋以来的传统，开始以文入词，在词中大量使用经史典故，扩大了词的篇幅，丰富了词的表达，也需要读词的人有丰富的文史功底，方能读得明白，体会得真切。这首短短112字的《六么令》，在"攀得短辕折""千里莼羹滑""点检能言鸭""醉怀双橘""叔子风流""不负平生学""细写茶经煮香雪"等词句中，竟蕴藏着"第五伦""陆机""陆龟蒙""陆绩""羊祜""陆贽""陆羽"7个人物典故，援引《艺文类聚》《世说新语》《甫里文集》《三国志》《晋书》《旧唐书》《茶经》7部典籍，不可谓不丰富，读一首词，如同打开了一幅波澜壮阔的历史图卷，句句虽是用典，句句都有深情。只是这感情的深厚要放于典故中去表达，这些典故流传了百年千年，早已有了特定的内涵，有了约定俗成的意义。辛词的好处在于，既不违反词律又不增加词牌的字数，却能表达出比一般的词更多含义。将同质同类之人情世故搜罗聚集在一起，丰富了词的内容的同时，对历史进行了压缩提炼，大大增强了感情的浓度。

辛词的一大闪光处，就是展现出内心的真实。辛弃疾是英雄，外形阳刚，襟怀坦荡，"唯大英雄能本色"，是英雄就不会遮遮掩掩，就不会压抑自己的喜怒之情。激愤时他会"把吴钩看了，栏杆拍遍"，感叹流年时，他会感叹"忧愁风雨，树犹如此"。伤心落泪时他会"倩何人，唤取红巾翠袖，揾英雄泪"。辛弃疾词的优美处，在于豪放之中的温柔婉约，他本是统兵将领，22岁时就率领50名骑兵冲入5万之人的金兵营地，生擒叛贼并送建康城处死。他崇拜曹操刘备孙权，崇拜历史中的风云人物，他的词，虎啸生风，豪情万丈：《满江红》里"把诗书马上，笑驱锋镝"；《破阵子》里"醉里挑灯看剑，梦回吹角连营。八百里分麾下炙，五十弦翻塞外声，沙场秋点兵"；《水调歌头》里"笔作剑锋长"；《贺新郎》里"道男儿、到死心如铁。看试手，补天裂"。他的词，侠骨柔情，摧刚为柔：《贺新郎》里"我见青山多妩媚，料青

清·王翚《仿李成雪霁图》

山、见我应如是"。《摸鱼儿》里"惜春长怕花开早,何况落红无数""千金纵买相如赋,脉脉此情谁诉。"真正的英雄从来不会惺惺作态,扭扭捏捏,有豪气干云,有伤心落泪,有血性阳刚,有儿女情长。霸王项羽被围在垓下,四面楚歌之际,也会有"骓不逝兮奈若何,虞兮虞兮奈若何"的悲叹,岳飞夜深人静之时也会有"欲将心事付瑶琴,知音少,弦断有谁听?"的感伤。

这样一个真实的辛弃疾,这样一个刚中有柔的辛弃疾,这样一个满腔抱负的辛弃疾,却因为自己被怀疑的身份,南宋的苟安,抑郁不能建功立业,"汗血盐车无人顾,千里空收骏骨","却将万字平戎策,换得东家种树书"。在辛弃疾的眼中,这位即将送别的朋友有西晋大将羊祜的神采,有气压曹操、刘备的气度,如今分别,恐怕身边再无可以畅谈交游之人。一句"送君归后",送走的何尝不是自己的理想抱负。这一腔的才学,如今要"细写茶经煮香雪"了。

  卓越的人,无论何时,不管什么处境,都能活出精彩出来,无法施展的抱负反而转化成了用心经营的生活,闭门著述,烹茶煮雪,这一笔带过的诗句,这一件小事折射的是整个生活的优雅。那茶,不是普通的烹法,是承传茶圣陆羽的古方;那雪,不是寻常的雪,寻常的雪哪配称得上"香雪",这雪定是采自于鲜花,多半是来自于梅花。"躲进小楼成一统",细写的不是茶经,而是一颗细细打磨的心。但我更愿意相信,他一直秉承着"少年横槊,气凭陵,酒圣诗豪余事"的追求,"有心雄泰华,无意巧玲珑"的气度,《茶经》并非辛弃疾的心意所在,即便是闭门著述,辛弃疾也会如同当年蛰居洛阳二十年的司马光一样,以笔为刀,以史为鉴,以文醒世,写出一本像《资治通鉴》一般,作为国家治理参考的煌煌巨著!

带雪煎茶 和冰酿酒 聊润枯肠

能把冬天活得这么生动有趣,该有一颗多么热爱生活的心啊!世间万物一经过诗人的眼睛,就蒙上了一层诗意的霞光。一经过诗人的双手,就沾上了几分点化的灵性。就像岩石变成了雕塑,高岭土变成了陶瓷,那月、那雪、那冰、那梅,都开始脱胎换骨、与众不同起来。

柳梢青

宋·陈允平

沁月凝霜。精神好处,曾悟花光。
带雪煎茶,和冰酿酒,聊润枯肠。

看花小立疏廊。道是雪、如何恁香。
几度巡檐,一枝清瘦,疑在蓬窗。

很少人会写冬天的月。月光本清冷,冬季又过于严寒,冬思炎热夏思雪的人们,并不会在此时留心天空的月亮,能写出"沁月凝霜"的人,是一个可以在生活中不停发现美的人。这月亮是那么美,美到沁人心脾。以前只是知道"沁园",如今读到沁月,就难免让人心生几分联想。沁园是东汉明帝的第五个女儿沁水公主的园林,修筑在沁河北岸,竹海风光与亭台楼阁交相辉映,风景秀丽,明朗祥和。而沁月,想必也该是同样的赏心悦目,同样的动人心神吧。

写这首词的时候,陈允平的内心一定是十分欢快的,人逢喜事精神爽,字里行间都透着几分轻松与欢喜,大概这就是作者所谓的"精神好处"。不过,真正动人的,倒是那句"带雪煎茶,和冰酿酒,聊润枯肠"。肠因何而枯,不得而知,道是这润肠的方法极为雅致。趁着时节,以雪煎茶,以冰酿酒,雪的洁白加上茶的清香和冰的晶莹佐以酒的香醇,一块饮入腹中,何止是聊润枯肠,只怕是五内澄澈,变成水晶玻璃人,一片冰心在玉壶了吧。

诗人还是被梅花所迷住,在小廊上久久伫立。仰面赏梅,梅

明·文徵明《品茶图》

花如雪,不同的是,清香扑鼻。诗人明明知道那是梅花,可是偏偏又要误把它看成雪,明明已经当成了雪,却又故作不知,写出那与众不同的香气来。只一句"道是雪、如何恁香",这么俚白的用语,放于此处却并不觉得俚俗,像是由衷而发的感叹,更觉自然,又似微醺之下脱口而出,很是真实。不管如何,这语气里透露出的是对梅花的无限喜爱来。诗人如此爱梅,却肯以雪来比喻梅花,自是因为雪有梅花所不及处。而最终不肯认为是雪,是因为梅花比起雪来也自有优长。梅花能得到历朝历代的喜爱,除了不畏严寒外,还有一点,那就是"一枝清瘦",清瘦之美最为文人所欣赏,也最具有文艺气质,如果比之于人的话,应当男如卫阶,"十分卫郎清瘦",女似梅妃,"铅华不御得天真"。看梅花如对佳人,带着一颗愉悦的心、纯洁的心、文艺的心去看梅花,更觉得恍如天人,自生欢喜。不过,诗人写梅也并未忘记雪,一首词中,不忌重复,两次出现"雪"字,一来煎茶,一来比梅,自然能看得出,对雪的一片情义。

翻经觅句无尘事 坐对尤宜雪煮茶

生于红尘便有红尘中事，开门七件事，"柴米油盐酱醋茶"，几乎人人不可避免。真正配说"无尘事"的人，大概都是些真正远离尘世的人，远俗、心隐、淡泊。

为僧赋梅庭

宋·卫宗武

奇绝生春五出花，僧居著此境尤嘉。
一方寒月浸清影，几度春风生素华。
何必江头千树暗，未如屋角数枝斜。
翻经觅句无尘事，坐对尤宜雪煮茶。

赏梅不可无雪，若无雪就少了许多趣味来。若真是无雪，用雪水煮茶，带着几分雪的味道来看梅花，也应该别有一番风致。青灯古佛，霜瓦黄卷，僧房寂寥之时，读读经书，写写诗句，也是佛门乐事。寺中草木"一岁一枯荣"，以禅眼观之，不过世事轮回，唯独庭中寒梅，虽处寒冬，四方寂灭，尤能一年一树花，撑起一片生机。

明·仇英《桃源仙境图》

佛门之人不理红尘中事，交接之物本就不多。再加上中晚唐之后禅宗成为汉传佛教的主流，崇尚简洁之美。在这样的情况下，僧人的世界里，能够入眼的外物就更显稀少。宋初文坛有一件趣事，那时诗僧希昼、保暹、文兆、行肇、简长、惟凤、宇昭、怀古、惠崇等九人并称"九僧"，很有文名。《六一诗话》载："当时有进士许洞者，善为词章，俊逸之士也。因会诸诗僧分题，出一纸，约曰：'不得犯此一字。'其字乃山、水、风、云、竹、石、花、草、雪、霜、星、月、禽、鸟之类，于是诸僧皆阁笔。"在中国文坛中总是少不了这样的趣事,也从来不缺许洞这样有趣的人,他知道九僧的特色,却故意规避这些特长。他不让九僧诗中出现山、水、风、云、竹、石、花、草、雪、霜、星、月、禽、鸟之中的一个字眼。他的规定,就好像让淮扬菜大师不用刀工,让湘菜师傅不用辣椒,也像让一个山水画家去画人物,让一个面塑艺人去做雕刻一样。这则趣事固然说明了当时九僧写作题材的狭窄,除了这些内容,几乎无处落笔。但九僧既然名重于当时,必然也是有他们的过人之处的,九僧既然为僧,必然远离红尘,这些题材几乎就是他们生活的全部内容。诗歌创作一定要表达内心的真实,如果非要让他们"文以载道",针砭时弊,抒写社会,反而是脱离现实,不切实际,无病呻吟。能在这些题材上写出意境与深度,恰恰是他们的擅长,他们的生活,他们的有感而发,他们的真情实感,和《诗经》中"饥者歌其食,劳者歌其事"一样值得肯定和赞扬。

　　佛门净地,一概不沾荤腥,也正因如此,在素食素菜上,做得格外出色。巧得很,妙玉住在栊翠庵,烹茶烹得极好,连心高气傲的黛玉也被她奚落为"俗人""连水也尝不出来"。而卫宗武的这首诗里,僧人居住之处,也是"坐对尤宜雪煮茶",用雪水来煮茶,可见这雪水是好水,这雪茶是好茶。没有六根清净,大概不配用雪水煎茶。僧人幽居,尘事不萦于心;妙玉修行,隔断庵外纷扰,如此才深得用茶之妙。

中宵茶鼎沸时惊 正是寒窗竹雪明

读诗不能不知道《二十四诗品》,诗歌诚然很美,但究竟美在何处,一般人很难说得出来,只用一句"只可意会,不可言传"粗粗盖过。诗歌的美各有千秋,这其中很多是极为细小的差别,普通人读来,只觉大同小异,很难区分开来,而司空图却做了最细致入微的区分,而且这种区分不是粗粗分类,而是细致到有二十四种之多,其中明察秋毫的区别,往往只在纤微之间。司空图是诗人,是艺术评论家,更是美学家,正因为如此,更想去窥探他心目中的雪和他认可的美。

偶诗五首其五

唐·司空图

中宵茶鼎沸时惊,正是寒窗竹雪明。

甘得寂寥能到老,一生心地亦应平。

夜间煮茶该是多么的寂寥。人是社会的动物,但归根到底,没有摆脱夜间休眠的自然属性。能让长夜无眠的,不是狂欢便是寂寞,不是兴奋便是寥落。欢宴适合偶然为之,沉睡却是众所难免,夜间辗转难眠的总是那些心中有块垒的人。茶鼎煮水,声音本来细小,可是在这么安静的环境中,这么一个装满心事的人的耳朵里,即便再细小的声音,也是一种惊扰,就像高山之上一片平静如镜的湖面,一片落叶或者一根羽毛,也能荡起阵阵涟漪。

  曾经,为了这句诗,我苦苦搜寻茶鼎究竟为何物,后来才知,是古人煮茶的一种器具。生在中原,对于鼎,我并不陌生,举世闻名的商后母戊鼎就出自河南安阳,走进河南博物馆,琳琅满目的都是青铜器,各式各样的鼎应有尽有。这些鼎,煮过郑灵公的鼋,而纷乱了一个国家;煮

清·高凤翰《雪景竹石图》

过商代俘虏的人头,作为鬼神的献祭;煮过各种珍馐美味,以供王室享用;也作为过国之重器,代表天下九州。时移代迁,鼎最终飘落神坛,"飞入寻常百姓家",可以煮茶,自然也有人用来煮寂寞。

孤独是一个人的狂欢,越是孤标傲世,越是清冷寂寞。窗虽是寒窗,竹却是修竹,"宁可食无肉,不可居无竹。"在这庭院中居住的人,应该也是一个如同王子猷一般不能一日无竹的高雅之士。窗外的雪映着青翠的竹,沸腾的鼎煮着珍藏的茶,清冷的夜浸泡着处士的心。一切都这么安然,不与谁争也不受任何人干扰。

如果可以重来,多少人愿意平平淡淡过一生。多少人费尽心机,最终却发现内心渴望的不过是平淡与平凡。李斯华丽了半生,却被夷灭三族,连在上蔡畋猎都成奢望。陆机苦心入洛阳,天下仰望,却落得满门抄斩,鹤唳华亭,更别谈再尝一口故乡的莼鲈。贾府鲜花着锦,烈火烹油,看似富贵已极,最终却食尽鸟投林,家破人流散。《菜根谭》里有句话"浓肥甘鲜非真味,真味只是淡;神奇卓异非至人,至人只是常"。善于品定鉴赏的司空图自然是有自己的偏好和追求的。《红楼梦》里薛宝钗写白海棠时有一句诗"淡极始知花更艳",我思来想去,这话也只配她说,每一种活法都是一种选择,都经过一番对比,没有经历过富贵的人,不能说更乐于平淡;没经历过杀伐的人,不能说更看淡生死;同样自幼长在寺院里的小沙弥,不能说看破了红尘。薛宝钗生在皇商之家,"珍珠如土金如铁",而这样的豪族富贵之中,她选择了人生更高贵的活法——平淡简单。薛姨妈曾在王夫人面前评价宝钗:"宝丫头古怪得很呢,她从不爱这些花儿粉儿的。"刘姥姥第二次游历大观园的时候,贾母带刘姥姥到各位姊妹的房间,均是各色器玩、各有千秋,等来到薛宝钗的蘅芜苑,屋子如雪洞一般,一色玩器全无。案上只有数枝菊花,两部书,茶奁茶杯。床上只着青纱帐幔,衾褥朴素。她将贾家送过的各种摆设都退回去了。即便是在自己家里,她也如薛姨妈所说"不大弄这些东西的"。越是经历过富贵,越懂得内心真正的选择是什么;越是安享过尊荣,越懂得平淡的可贵;越是看过姹紫嫣红,越明白素净是更高级的典雅。

司空图将诗歌的美分为二十四种,对于生活必然也有细致的品察,所以也并不奇怪他写出"甘得寂寥能到老,一生心地亦应平"的诗句。大概读懂了这二十四种美之后,最令人倾心的还是"饮之太和,独鹤与飞;阅音修篁,美曰载归"的冲淡。是"太华夜碧,人闻清钟;黄唐在独,落落玄宗"的高古。是"玉壶买春,赏雨茅屋;坐中佳士,左右修竹;白云初晴,幽鸟相逐;眠琴绿阴,上有飞瀑;落花无言,人淡如菊"的典雅。

雪液清甘涨井泉 自携茶灶就烹煎

与雨不同,雪的滋润是润物细无声的。一场大雪之后,河流会慢慢变宽,井水会渐渐上涨,泉眼会悄悄增多。雪后的井水既清澈,又冰凉,还透着些许的甘甜。不用采于叶上,不必摘自梅端,一场初阳便可将雪花融于大地,雪液经过大地的渗透,溶解了更多的矿物质,实在是煎茶的上好之选。

雪后煎茶

宋·陆游

雪液清甘涨井泉,自携茶灶就烹煎。
一毫无复关心事,不枉人间住百年。

懂得生活的人,时时刻刻可以享受大自然的馈赠。风霜雨雪本为天下所共享,可是真正懂得其中妙趣的人却并不很多。这需要一双发现的眼睛,一颗善感的灵心和一双点化万物的妙手。在一场大雪之后,能够"自携茶灶就烹煎"的人,一定是一个懂得生活的人,陆游便是一个。此刻他不是我认识的"风声雨声读书声,声声入耳;家事国事天下事,事事关心"的书生意气的陆游,也不是我认识的"楼船夜雪瓜州渡,铁马秋风大散关"的慷慨激昂的陆游,更不是那个"王师北定中原日,家祭无忘告乃翁"的满腔悲愤的陆游。在这里,他是做回诗人的陆游,是闲情逸致的陆游,是诗情画意的陆游。苏轼说"长恨此身非我有,何时忘却营营",这说出了多少文人的想法,其实多少时候,陆游也何尝不想做回自己,做一个"两耳不闻天下事,一心只读圣贤书"的读书人?这首诗里,他不就说"一毫无复关心事,不枉人间住百年"吗?可是陆游不是普通的读书人,他和千百年来中国有见识、有理想、有抱负的读书人一样,始终保持着"修齐治平"的追求。人生活得舒心快乐很重要,但是承担一个读书

现代·郑慕康《绿荫煎茶图》

人应有的社会责任,或许更是生命的意义所在,张载在《西铭》中说"民胞物与",在自我自在和承担责任之中,他毫不犹豫地选择了后者。我们开始对自身思想文化进行深刻地反省,作为传统文化主流的儒家受到过冲击与批判,也得到回暖与重视。诚然,儒家有呆板和没落,但是,也有高贵与可爱,对于社会天生高度的责任感,足以让其不逊色于任何思想学说,陆游的道路和选择,不正是千千万万个中国有识之士"吾曹不出,奈苍生何"精神很好的体现吗?

陆游是一个诗人,他又出生在一个以诗书出名,世代书香的名门大族之中。诗意的生活自然是他的理想,人生一世,草木一秋,他本可以一生衣食无虞地甘老林泉,甚至某一刻,他也想做一次精致的利己主义者,他也想"一毫无复关心事,不枉人间住百年",但是,他不能,自幼儒学的素养,家国天下的情怀,使得天下苍生、国家大事没有一刻不牵动着他的心。世人读陆游,总觉太过义正辞严太过深沉悲壮而寡味,岂不知一个一生之中没有一天放弃写诗,至今尚留存一万多首诗歌的诗人,灵魂远远比我们大多数人有趣。仅仅一首《雪后煎茶》,就足以让千百年来的后来者读到超凡脱俗的情趣之美。

幽事围棋翻局势 清欢煮雪试茶芽

苏轼说"人间有味是清欢",大抵清欢得有一个"清"字,从外讲,有清境,从内讲,有清心。绿水、茅茨、柳影、荷香皆是清景,而围棋、煮茶皆需清心。更何况是用雪水煮茶芽,其中欢乐,大有清趣。

城濠泛舟同毕长官

宋·刘攽

绿水环城十二里,茅茨带郭百馀家。
侵云柳影不见日,过雨荷香全胜花。
幽事围棋翻局势,清欢煮雪试茶芽。
眼前景物自萧散,何必青溪向若邪。

冬天煮雪,并不新奇,新奇的是,夏天用雪水煮茶。且不说这雪水本是上好的泡茶之物,单听这个名字就给夏天带来了几丝清凉。采冰是一项历史悠久的事情,《诗经》里记载:"二之日凿冰冲冲,三之日纳于凌阴。"说的就是先民冬日采冰的劳动画面。宫廷历来有采冰储冰的传统,清代时,在三九严寒之际,皇

近代·崔护程宗元《龙舟夺标图》

家会派采冰人在北海、护城河和御河中采来大小一尺五见方的冰块,储藏在冰窖之中,盛夏之时,供宫廷取来消暑和冰镇食物。民间是不允许私自采冰的,而采雪却并不是皇家的专利,而是官民士绅皆可为的事情,来年暑时,取出去年采集的雪,颇有几分消暑解乏的趣味。

有好水还要有好茶,茶芽是茶中极好的一种。茶以清明谷雨前为最好,这时候的茶刚刚抽出新芽,还带着初生的清嫩和春天的生气,惊蛰还没有来临,还不用担心虫子对茶叶的破坏,更不用担心驱虫的药物影响茶叶的品质。所以龙井、君山银针、雀舌、信阳毛尖都以明谷雨前为最佳。泛舟水上,一路柳荫遮日,荷花飘香,雪水烹茶,围棋丁丁,本身就是一幅极好的画。所以诗人才由衷感叹"眼前景物自萧散,何必青溪向若邪"。若耶,是绍兴著名的河流,刘攽蓦然觉得,护城河此刻的景色并不比江南逊色。

江南是文人梦寐以求的地方。刘攽出身于文化大族又学富五车,是《资治通鉴》的副总编,自然对江南颇为喜欢。从古至今,北方人一有美景,就喜欢用"赛江南"这个词语,以至于这个用词早已用俗用滥。刘攽是江西人,但常年在北方做官,难免会留恋南方。其实北方之景自有北方的特色,南方之景独具南方的优长。江南是一个特定地域,今天的人往往将长江以南统统称为江南,这不过是一种望文生义和不明就里。真正的江南只包含长江中下游、太湖平原及杭嘉湖平原地区。而北方往往赛江南的地方,也只是貌似而无神。江南是一个综合体,是气候、人文、环境的整体合成,不是小桥流水就是江南,不是吴侬软语就是江南,也不是粉墙黛瓦就是江南,江南是各种元素的合成,离开哪一种都称不上是江南,更不要说什么"赛江南"了。不说别的,颐和园的苏州街除了外形几分相似外,哪有一点姑苏的影子?北方园林自有自己的美感,既无须妄自菲薄,更无须邯郸学步。颐和园的佛香阁、十七孔桥,国子监的门坊与大殿,天坛的祈年殿和圜丘,这些都是北方园林的盛处,因为展现了真我,因为切合了北方的天气,而格外雄浑壮丽,自可岿然屹立于世界园林的巅峰。不过,"眼前景物自萧散,何必青溪向若邪",虽暗含对江南的称许,却也恰恰道出了北方景致的优长,那就是眼前景色自有其美,不必心心望江南。

烹茶汲取盈瓯雪 一味清霜齿颊寒

高山是离天空最近、离俗世最远的地方。脚下是茫茫的云海，浮云都在山腰集结，头顶是纯净的天空，蓝天仿佛触手可及。阳光不受遮掩，尽情挥洒，月色没有隐抑，倾泻如瀑。这是最容易澄心滤意的地方，也是最容易天人合一的所在。这里本就寂静，来此处的人更不宜喧嚣，用纯净的风，安抚一颗浮躁的心，用高洁的雪，熄灭那团燃烧的欲望。

资圣寺

宋·周牧

点点晴光滴翠岚，参天松干影毵毵。
穿云日阅客十数，汲水时闻僧两三。
俗子绕登山勒马，禅心常共丹同龛。
烹茶汲取盈瓯雪，一味清霜齿颊寒。

有松柏的山，自带一种峻拔的气质，山中的草木，凭空多了一点灵性。尤其是烟缭雾绕之下，好像山林里隐藏着许多古老而又不可轻易示人的秘密。山中的植物，普遍气质高冷，大概是长在山中，自然养成的习性。山中修行的人，一馔一饮皆来

明·唐寅《事茗图》(局部)

自山涧的泉水、林中的果实，一言一行皆是经书的义理、道家的风骨，自然是带着三分超凡脱俗、不食人间烟火的气度。中原地区的高山，大多分布在西部地区，茫茫八百里伏牛山，有很多高峰直插云霄。中原地区自古又是人文圣地，诞生了很多在中华民族历史中作出过卓越贡献的人物。巧的是，在这5000年的历史中，这些高山总和这些历史人物有着密切的联系。伏牛山主峰之一的老君山，相传是老子西出函谷关后的隐居之地，另一座主峰尧山，是墨子的故里；而闻名遐迩的白云山，则传闻是汉代名相张良的隐居之所。与平原地区不同，高山之上几乎是全年有雪的。如果说四季分明的中原地区，只有在冬天时才真正让人体会到安静地话，群山环绕的这些高峰一年四季都生活在安静里，农历八月起，就到了大雪封山的时候，此时的山中几乎完全与世隔绝。雪满山中高士卧，这不正是这些高人避世隐居的好去处吗？

隐居深山，不是心灰意冷，而是心如止水；不是不闻世事，而是颐养身心。站在高处，不畏浮云，身居尘外，百事不侵，更容易对时局了如指掌。鬼谷子纵横捭阖，孔明隆中高卧，姚广孝蛰居禅林，陶弘景被称为"山中宰相"，不就是很好的证明吗？志在山林并不是没有指点江山的能力，只是一种人生价值和生活方式的选择。张良功成身退，与赤松子云游；范蠡隐姓埋名，泛舟五湖，千载之下依然让后人无限钦慕。人达到了一定的高度，就一定要学会与自己相处，就一定要懂得享受孤独。没有话不投机的宾客，没有志趣难投的朋友，没有烦琐关系的打扰，在那深山之中，闲时在生长灵芝香草的巨岩之下采来陈年的积雪，微微盈瓯，慢火烹茶，细细品味，只觉汤色清寒，春露如冰，口齿噙香，神清气爽。

不厌相过娱夜永 摘芳和雪试煎茶

第一次见人用梅花沏茶。见过沏菊花、沏荷叶、沏玫瑰、沏洛神花甚至沏牡丹,独独第一次在诗中见有人沏梅花。梅本孤寒,雪又清冷,纵然加了几缕烟火,用梅花沏茶也不是颐养之选,但梅与雪品性相近,以雪水煮梅花茶,也算相亲相近,相得益彰,更何况,这是发自于内心的喜欢。

鄞城通守厅和潘文叔梅花韵

宋·孙应时

未将春草贮鸣蛙,寂寞西湖处士家。
正喜数枝斜更好,聊沽一醉醒还赊。
骨清是我冰霜侣,心赏从渠锦绣华。
不厌相过娱夜永,摘芳和雪试煎茶。

从来没有想过一个人会如此痴情,痴情到以梅为妻,终生未娶。和梅花相伴的岁月,林和靖每一刻都是发自内心的欢喜。种梅、养梅、赏梅、品梅,从来没有哪一种花,能让人如此爱莫能舍。几十年的岁月,朝夕与共的相处,也从未有过丝毫的厌倦。都说"乍见之欢,不如久处不厌",喜欢梅大概是从一见钟情开始,而终生与梅相伴,那一定是缘于梅花的无尽好处。晚清中兴四大名臣之一的彭玉麟同样爱梅,他军功卓著、清廉自守、玉树临风,却在青年丧妻后终身未娶,自称"一生知己是梅花",他一生六辞高官,先辞安徽巡抚,再辞漕运总督,再两辞兵部侍郎,再辞两江总督,再辞兵部尚书,隐居期间,在湖口水师昭忠祠旁边建厅,遍栽梅花,号称"梅花坞",在家乡筑"退省

明·杜堇《梅下横琴图》

庵",吟诗作画,一生之中画了上万幅梅花图,在每幅梅花图上都题以梅花寄情的咏梅诗。彭玉麟字雪琴,常被称为"雪帅",又如此酷爱梅花,且所画之梅多为雪中之梅,雪与梅之间的相通相近大抵如是,对梅花的痴绝可谓直通古人。

爱梅如此的人，自然不会错过每一个梅花盛开的时辰。苏轼喜欢海棠，所以有"只恐夜深花睡去，故烧高烛照红妆"的诗句，花期有限，白日苦短，那么只好在夜间点燃蜡烛，延续这静好时光。秉烛夜游，是中国古人一直以来的传统，在文化盛事、幽集雅聚时常常出现。汉代的《古诗十九首》，就有"昼短苦夜长，何不秉烛游"的感叹，魏文帝曹丕在《与吴质书》中也说："少壮真当努力，年一过往，何可攀援？古人思秉烛夜游，良有以也。"而李白的《春夜宴桃李园序》也提到了"古人秉烛夜游，良有以也。"这些诗句都是感叹时光匆匆，以蜡烛的光辉延续易逝的岁月。爱梅的人，不会错过每一个共度良宵的夜晚，"不厌相过娱夜永"，与梅花的相伴应该是每一个朝朝暮暮，日日夜夜。只是海棠娇媚，夜赏海棠需要红烛高照才能显现她的美艳。而梅花清雅，怕是那烛光会沾染了花朵的洁白，"疏影横斜"之姿，"暗香浮动"之态，要借着雪光，借着月色才会好看。

第四章 独钓寒江雪

孤舟蓑笠翁 独钓寒江雪

有一种境界,叫"独钓寒江雪"。孤独是伟大人物的常态,也称为伟大的孤独感。这种孤独往往是因为走在了时代的前列,领天下风气之先,这种孤独需要有排除万难的勇气和义无反顾的坚持。这种孤独来自于内心坚定的信仰和一往无前的执着。

江 雪

唐·柳宗元

千山鸟飞绝,万径人踪灭。

孤舟蓑笠翁,独钓寒江雪。

历史总是在否定之否定里推陈出新,社会总是在革新与守旧的反复中螺旋上升。农业社会的封建时代多数人总是习惯于生活在安居稳定的状态,思虑求变的人很少,"向来如此"的话很多,祖宗法度的保守之词和"法相因则事易成,事有渐则民不惊"的折中主义,常常使人们逸豫于眼前的温水,迷醉不醒。一些有识之士,常想唤醒因循的社会,这是来自于良知的使命和责任。

摘掉诗人标签的柳宗元,在本质上就是这样一个改革家。

柳宗元出身望族,是"河东三著姓"之一的河东柳氏,祖上世代为官:七世祖柳庆为北魏侍中,封济阴公。堂高伯祖柳奭曾为宰相,其父柳镇曾任侍御史等职。那个时代名门望族只在彼此之间互通婚姻,

柳宗元的母亲出身于天下大族范阳卢氏,祖上也是世代为官。那时的唐王朝,科举制度刚刚兴起,门阀士族依然在朝廷官员尤其是重要官位上占据重要分量。出身于望族的柳宗元,完全可以门荫入仕,可是他幼承庭训,勤学不倦,少年成才,21岁便进士及第,名声大振。在唐代,以这样的家世才学,想要如苏轼所说"惟愿生儿愚且鲁,无灾无害到公卿"也并不是难事。可柳宗元偏偏不是一个为了自己及家族荣辱而放弃良知和个人理想的人,他要用他的所知所学、理想信念为国家裨补缺漏,为生民减负造福。

明·沈周、文徵明《钓雪图书画合璧卷》(局部)

自古因循往往随之者众,改革必然困难重重。这是改革开始之前,改革者早已经明白的道理,他们早已做好了"横刀向天""去留肝胆"的准备,但改革终究要靠敢为天下先者点燃那"燎原"的星星之火。而这部分人,很多是不被理解的一部分人,需要独行引路的一部分人。"永贞革新"之后,谪居永州、柳州之后的柳宗元,更是喜欢上了独来独往的生活。他"闷即出游",会"伐竹取道",独自去没有人烟的石潭,会寒秋出行,"独游亭午时",也会孤舟一片,在大雪纷飞的寒江上钓鱼。虽说是朝廷谪迁,但到底还是一方刺史,身边不会缺少陪伴的人,可是对于柳宗元来说,天下之大,又有几人相知、几人可以相谈呢?他早已适应了这份孤独,也养成了天地之间独立思考的习惯。

明·沈周、文徵明《钓雪图书画合璧卷》(局部)

"孤舟蓑笠翁,独钓寒江雪。"若不是自小就知道这是柳宗元的诗句,还以为诗的作者是一个隐士。漫天大雪之际的寒江,空无一人,柳宗元一定在那片小舟上坐了很久,坐到千山鸟尽,万径雪封。垂钓是最适合一个人的活动,思想家与常人的不同之处在于,他不会仅仅按部就班,因循继往,日复一日、年复一年的生活,他需要有大量的时间去冥想与思考,春风得意时如此,抑郁落寞时也是如此,在这一点上,王阳明龙场悟道的石棺与柳宗元独钓寒江的孤舟起到的是同等的作用。此时的柳宗元,又像是一个真正隐士,隐去的是外在世界的惊扰,得到的是旁观者清，立于局外的眼界和与天地沟通内生于心的智慧。

独立苍茫，独钓大江，这样伟大的孤独，使我想起了陈子昂登临幽州台"前不见古人，后不见来者，念天地之悠悠，独怆然而泣下"的心境，也想起了阮籍登广武，看到当年楚汉相争古战场"时无英雄，使竖子成名"的感叹，但柳宗元是冷静的，他心中的万千想法都藏在了这漫天大雪的寒江独钓之中。这让我不禁想起了柳宗元去世170年之后，另一个在中国历史上丰碑一样的人物——范仲淹，"不以物喜不以己悲""居庙堂之高则忧其民，处江湖之远则忧其君"，不正是这样的心境吗？历史总是这么的巧合，也是这么的弄人，一个太过卓越的人可能身边很少有读得懂自己的朋友，甚至在一个时代，相知之人也寥寥无几，反而在几百年后遇到真正的知己。大概是造物太过吝啬，不肯把英豪生在同一个时代。

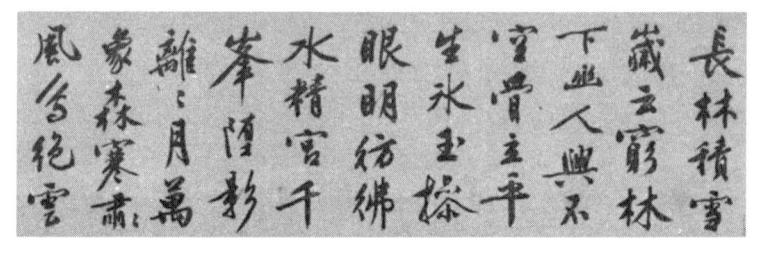

明·沈周、文徵明《钓雪图书画合璧卷》（局部）

垂钓受人青睐，垂纶之乐总是在有意无意之间。姜尚直钩钓于渭水，大概垂钓只为博取周文王注目；严子陵钓于富春江，真正的隐逸之乐早已在垂钓之外。当然也会有借隐逸之名而垂钓的人，比如袁世凯。1909年，上海《东方》《北洋画报》等刊载袁世凯身披蓑衣斗笠在河南洹上怡然垂纶的照片。前年我到安阳参观殷墟和中国文字博物馆的时候,顺道去了一下"袁林",在袁世凯墓道旁的陈列馆中,我见过这张照片,颇有几分"孤舟蓑笠翁"的样子,那时的袁世凯已被监国摄政王载沣以宣统小皇帝的名义下旨"开缺回籍养疴",实际上,彻底剥夺了袁世凯直隶总督兼北洋大臣的高位重权。在安阳"养病"之际,袁世凯写作了《自题渔舟写真二首》,其中的一首"百年心事总悠悠,壮志当时苦未酬。野老胸中负兵甲,钓翁眼底小王侯。思量天下无磐石,叹息神州变缺瓯。散发天涯从此去,烟蓑雨笠一渔舟。"袁世凯当然不是真心垂纶,不过两年的光景,便被清廷重新启用,这期间他与北洋军官之间的密切往来一刻都没有断过,"散发天涯从此去,烟蓑雨笠一渔舟"至今沦为笑柄。

明·沈周、文徵明《钓雪图书画合璧卷》(局部)

不过"独钓寒江雪"里,也有淡淡悲凉的味道,对于真正忧国忧民的人来说,从来就不存在"国家不幸诗家兴"这样的悖论。因为对国家君主的忧虑,即便游乐之际,内心也笼罩着幽冷悲凉,他的诗里总有那么一点点凄冷的味道:"壁空残月曙,门掩候虫秋""风窗疏竹响,露井寒松滴""若人抱奇音,朱弦緪枯桐""海畔尖山似剑铓,秋来处处割愁肠"。这种冷峭好像有几分八大山人笔下鱼鸟的味道,但诗人从来没有置身事外的冷眼旁观,他内心有忧虑,但那不是为个人身世的哀叹,而是对国家的忧怀和关心。

  在谪居闲暇的岁月,柳宗元也会给人带来许多清新淡泊的语句,是在南方山水之中的自在自得,是春和景明之际的浮世清欢,是内心诗性与自然风光的相映生辉,这样的垂钓,是江湖之远看百姓乐乐的垂钓,少了几分思虑烦忧,多了几分闲情雅致,虽然自己并不是垂钓者,但满满都是羡渔之情:渔翁夜傍西岩宿,晓汲清湘燃楚竹。烟销日出不见人,欸乃一声山水绿。回看天际下中流,岩上无心云相逐。

幽步萝垂径 高禅雪闭庵

南京大学教授韩儒林先生写过这样一副对联:"板凳要坐十年冷;文章不写半句空。"人生要耐得住寂寞,才能守得住繁华,熬得住孤独,才能守得住花开。很多时候,人是需要些"幽步萝垂径,高禅雪闭庵"的精神的,路要自己走,要在藤萝遮掩的小路上踽踽独行,学要自己修,要闭门苦学,坐得住十年的冷板凳。

苏州十咏·虎丘山

宋·范仲淹

昔见虎耽耽,今为佛子岩。

云寒不出寺,剑静未离潭。

幽步萝垂径,高禅雪闭庵。

吴都十万户,烟瓦亘西南。

王国维先生在《人间词话》里写道:"古今之成大事业、大学问者,必经过三种之境界:'昨夜西风凋碧树,独上高楼,望尽天涯路。'此第一境也。'衣带渐宽终不悔,为伊消得人憔悴。'此第二境也。'众里寻他千百度,蓦然回首,那人却在,灯火阑珊处。'此第三境也。"第一境高瞻远瞩,选定目标。第二境坚忍不拔,刻苦努力。第三境功到自然成、豁然开朗。而在这三境界中,第二境用时最久,最费心神,也最考验毅力。千百年来成大事业、学问的不乏其人,能刻苦到为天下公认,成后世楷模的,范仲淹绝无仅有。范仲淹两岁而丧父,家贫无依,但志向远大。《宋史》记载,在应天读书期间"昼夜不息,冬月惫甚,以水沃面;食不给,至以糜粥继之,人不能堪,仲淹不苦也。"昼夜不息地苦学,冬天特别寒冷的时候,用冷水洗脸;连饭也吃不上,就吃粥坚持读书。这种苦学如此的精神,最终使范仲淹成为一代名家。

路是要自己走的,谁的前路不迷茫?谁的人生不曲

明·文徵明《寒林晴雪图》

折？会有藤萝遮蔽，会有曲径通幽。众人都走的路，往往不是能走得最远的路，能通往最高处的路，常常行人寥寥。随波逐流的人太多，也最容易让人失去坚定的信念，让人看不清前面的路，甚至对脚下的路也会产生怀疑。智者从不迷失了自己，他们认准了道路，就只会风雨兼程。这样的路往往艰难而孤独，但是坎坷不会阻碍有志者的脚步。这条路固然需要行者良好的身体素质，但最重要的是要有坚定的毅力和一步一步踏实走下去的行动。清代彭端淑在《为学一首示子侄》里面讲到蜀地两位僧人的故事"蜀之鄙有二僧：其一贫，其一富。贫者语于富者曰：'吾欲之南海，何如？'富者曰：'子何恃而往？'曰：'吾一瓶一钵足矣。'富者曰：'吾数年来欲买舟而下，犹未能也。子何恃而往？'越明年，贫者自南海还，以告富者，富者有惭色。"那个贫穷的僧人虽不具备良好的条件，最终靠着"一瓶一钵"实现了云游南海的梦想，而富裕的僧人，虽然经济充裕，说了数年，却还在准备阶段，未能付诸实践。所以彭端淑最后得出了这样的结论"是故聪与敏，可恃而不可恃也，自恃其聪与敏而不学者，自败者也。昏与庸，可限而不可限也；不自限其昏与庸而力学不倦者，自力者也。"聪明与敏捷，可以依靠但也不可以依靠；自恃聪明与敏捷而不努力学习的人，是自己毁了自己。愚笨和平庸，可以限制又不可以限制；不被自己的愚笨平庸所局限而努力不倦的人，是靠自己努力学成的。在有所成就的路上，从来不乏聪慧者，但这条路上，人总是孤独的，要承受独行的寂寞，要承受世俗的冷眼，要经受内心的考验，真正能走好这条路的，往往是那些坚定坚持"幽步萝垂径"的人，是那些有"衣带渐宽终不悔，为伊消得人憔悴"般刻苦精神的人。

雪，是封闭的代言，大雪之际往往是庐庵封闭之时。治学是要有点"高禅雪闭庵"的精神，欲修高禅，就要闭关苦练，欲要求学，就要闭门苦读。达摩坐禅九年，终于得道。司马光蛰居洛阳十九年，每天翻阅八十卷草稿，终于写成《资治通鉴》，而草稿就写了整整两个屋子。陆机在《文赋》中说道"皆收视反听"，虽是说的写作，却是治学的重要前提。治学并不是完全要"两耳不闻窗外事，一心只读圣贤书"，但至少要做到心神专一，做到这点就不能被外物迷惑，被杂念干扰，被物欲引诱。"雪闭庵"既是因雪封庵，又是以雪封庵，就如同大雪封山一样，静静地坐于书斋之内。"雪满山中高士卧"，能称得上高士的人，大多要有点自封自闭的精神的，足不出户而知天下事，靠的就是在草庐之中勤学苦练、洞悉万事的能力。范仲淹当年自闭读书，不正是凭着"高禅雪闭庵"的志气吗？时至今日，南阳邓州花洲书院范仲淹陈列馆中，仍然流传着范仲淹当年闭户读书划粥而食的故事。苏州是一代伟人范仲淹的故乡，在游历虎丘，写下这句"幽步萝垂径，高禅雪闭庵"的时候，是否回想到自己曾经的人生往事，而发于内心深处传递一个既众所周知又知易行难的道理。

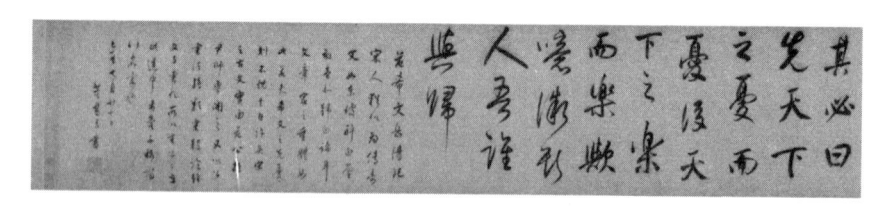

明·董其昌行书《岳阳楼记》（局部）

元礼仙舟行色好 子猷雪棹去心轻

人生是一场修行，人可以优秀到什么程度，看一下那些名士就可以知道了。与西方神话中神生来为神、人生来为人不同，中国古人相信通过自我修为，人是可以成为神仙的，中国神仙体系中的绝大部分，都是凡人转化而来，可见修为在中国人心目中的分量。那些有品行，有知识的士人，一举一动也常常惊动世人，汉末魏晋时代，就是一个很好的说明。能真正在这一时代称为名士的人，大多神清骨俊，目如朗星，面若芙蓉，手持浮麈，峨冠博带，衣袂飘飘，举止闲雅，谈吐不凡，恍如神仙中人。李膺是一个，王徽之也是一个。

李怀安拥麾入蜀道出鄱江见赠二

宋·王十朋

一麾出守楚东城，邂逅论交愧孔程。
元礼仙舟行色好，子猷雪棹去心轻。
虎符稔服君家世，雁荡行逃我姓名。
酒盏诗篇话时事，江湖何日更寻盟。

明·周文靖《雪夜访戴图》

这是一个属于名士的时代,这是一个对美极为欣赏和推崇,对美的追求和倾慕毫不避讳的时代,这是一个人可以真正美到"神仙"境地的时代。"元礼仙舟行色好",正是发生在那个时代的故事。《后汉书·郭太传》记载了这样一个故事:林宗唯与李膺同乘一叶船渡江,那些岸上的士人远远望之,风姿绝世,仿佛看到的是神仙。李膺字元礼,从此中国历史上留下了"元礼仙舟"的典故。那些岸上相送的士人都是"衣冠诸儒",也都是当时有名望的人物,他们眼中的"神仙"定然不只是外形俊美,而必然是雅望非常,风姿翩翩。如果不是翻开古书,我们很难想象一个名士可以"美"到何种境地。《世说新语》也有一个与"元礼仙舟"相似的故事,只是这个故事发生在一个大雪纷飞的冬季,描写得更为详尽,因而更为动人。《晋书·王恭传》记载"恭美姿仪,人多爱悦,或目之云:'濯濯如春月柳。'尝被鹤氅裘,涉雪而行,孟昶窥见之,叹曰:'此真神仙中人也!'"大名士王恭仪容俊美,

元·黄公望《剡溪访戴图》

长得极为赏心悦目,见过的人都说"如春光下的杨柳般光亮闪耀"。后蜀末代皇帝孟昶遇到他的时候,还没有发迹。他看见美男子王恭乘坐着高高的肩舆,身上披着鹤氅裘。当时天正下着雪,孟昶从竹篱笆缝隙间看到后,不禁感叹:"这真是神仙中人啊。"一个人可以美到什么程度,竟然让一个未发迹的皇帝称之为是神仙,也由于这个故事,产生了一个典故,叫作"神仙中人"。王恭被称为神仙中人,是实至名归的,不过那个年代,称为"神仙中人"的并不仅有王恭一人,王羲之也曾被人们这样称

呼过，可是这样的大雪天，这样洁白的鹤氅，一个皇帝这样发自于心的赞美，翻开中国史册，王恭当之无愧是独一无二的一个。

这是一个被称为"魏晋风流"的时代，这是一个玄学家林立，人性思考的时代，这也是一个美男辈出的时代。《世说新语》三卷三十六门中，"容止"单独占了一门。这一门中，有擅长谈玄的"傅粉何郎"何晏，有竹林七贤中如"玉山将崩"的嵇康，有"古代第一美男""掷果盈车"的潘安，有手如白玉的玄谈宰相王衍，有被人"看杀"的太子洗马卫玠。在这个时代，仪容与才华一样被钦佩，修德与修容一样被看重，形似与神韵一样被推崇。宗白华说："汉末魏晋六朝是中国政治上最混乱，社会上最苦痛的时代，然而却是精神史上极自由、极解放，最富于智慧，最浓于热情的一个时代。因此也就是最富有艺术精神的一个时代。"此言得之！

"子猷雪棹去心轻"，则讲的是东晋大名士王徽之。王徽之出身于顶级甲族的琅琊王氏，"王与马公天下""旧时王谢堂前燕"说的就是他们家的故事。顶级甲族的王氏是一个什么概念，这个概念或许超出今天很多人的想象，官职之高，爵位之多，几乎无以复加，抛却官位与财产，仅仅是"文化"这一块，也完全不愧为当时第一家族。祖上的光辉暂且不讲，渡过江东的第一代人王敦、王导也暂且不说，光是从王徽之这一个点散发开来，就能窥探这个庞大家族的一斑。他的父亲王羲之是东晋时期书法家，有"书圣"之称。母亲郗璿是东晋初著名军事家、政治家和书法家郗鉴的女儿，擅长书法，被称为"女中笔仙"。著名书法家王献之是他的弟弟，著名才女谢道韫是他的嫂嫂。他的妹妹王孟姜是南朝著名诗人谢灵运的外祖母。这样的家族实在是称得上满堂都是"芝兰玉树"、风流人物。王徽之出身于这样的家族,天资聪颖的本性、玄儒合流的教育、耳濡目染的熏陶渐渐养成了他的超尘脱俗的审美、神清骨俊的气质和洒脱不羁的性格。

雪,让王徽之在历史中留下了浓墨重彩的一笔。王徽之,也让全世界记住了那场雪。这一切,都源自于《世说新语》里那个很出名的故事"王子猷居山阴。夜大雪,眠觉,开室命酌酒,四望皎然;因起彷徨,咏左思《招隐》诗,忽忆戴安道。时戴在剡,即便夜乘小船就之,经宿方至,造门不前而返。人问其故,王曰:'吾本乘兴而行,兴尽而返,何必见戴!'"雪成了检验雅俗的试金石,王徽之的名士风范,在这场大雪中显现得淋漓尽致:半夜醒来,看到大雪纷飞,就打开大门,命仆人倒上酒观雪。饮酒观雪还嫌不足,就高声吟咏起了西晋大文学家左思的《招隐》诗。吟诗想起了故人,就雪夜兼程,乘了一夜的船,从绍兴到达剡县。到了朋友家门前,并不入门,而是即刻返回,并说自己乘着兴致出行,没有了兴致就返回,何必要见戴安道。一句"何必见戴",让整个雪夜之行戛然而止,也让一个人的形象永远定格。一夜的行程,到了朋友家门口,却最终没有敲开门去。士风的高下,虽在雪夜乘舟之举,却落在了这敲与不敲之间。如果那天敲开了门,这将是另外一个故事,可是就在这一念之间,最是检验一个名士的时刻。王徽之是遵从于内心的,他不会因为到了该敲的时刻而去敲门,也不会为该做的事情而委屈内心。嵇康说"六经以抑引为主,人性以从欲为欢",王徽之不是以行动做了最好的体现吗?这不就是人性自由之美的最高表达吗?而最终并不见戴,也是自己此时兴致已尽,再往前一步,便是虚礼。真的朋友,心中有彼此,不在于是否见面寒暄,而在于能否内心挂念,在大雪纷飞,饮酒读诗而想到戴安道的那一刻起,王徽之已经于内心完成了一场伟大友谊的认证。

雪夜访戴,"造门不前而返",能做这样的事的,只有王徽之,也只能是王徽之。这不禁让我想起了《世说新语》中关于他的另外一个相似的故事:王子猷出都,尚在渚下。旧闻桓子野善吹笛,而不相识。遇桓于岸上过,王在船中,客有识之者云:"是桓子野。"王便令人与相闻,云:"闻君善吹笛,试为我一奏。"桓时已贵显,素闻王名,即便回下车,踞胡床,为作三调。弄毕,便上车去。客主不交一言。高手与高手之间,或许一个眼神便能够心领神会。名

明·夏葵《雪夜访戴图》

士与名士之间,甚至萍水相逢,便能心神相交。桓伊,小字子野,是东晋时期著名的将领、名士、音乐家,在军事上曾参与淝水之战大破苻坚,在音乐上素有"笛圣"之称,笛谱被改编为琴曲《梅花三弄》。王徽之与桓子野的名望,可谓旗鼓相当。虽处同时,二人并不相识,但既为名士,"相逢何必曾相识"?只是当时的桓子野,已经是地位尊崇、炙手可热的人物。王家

明·戴进《雪夜访戴图》

虽为大族,王徽之虽历任车骑参军、大司马参军、黄门侍郎,但已经辞官隐居。让身居要职的桓子野为归隐山林的自己吹笛,这是需要一定的勇气的!可是,王徽之有这样的把握,王徽之是懂桓子野的,因为他们同为名士,名重当时,又岂受世俗礼法羁绊,更何况,高山流水遇知音,"子期不在对谁弹"!就凭这一

点,他知道,桓子野一定不会拒绝。桓子野也是懂王徽之的,他知道王徽之完全是出自于对音乐的喜欢和对出神入化技艺的欣赏,于是"下车,踞胡床,为作三调"。他也知道这种喜欢和欣赏纯粹是关于音乐,既不是因为自己,也无关其他,所以"弄毕,便上车去。客主不交一言。"这是一种多么高级的友谊?这是一种多么神圣的相交?一切只因为音乐,一切只为了音乐。这是与俗世之中打着友谊名义的酒肉朋友、利益交换完全不同的境界,没有吹捧,没有攀附,更没有巴结;没有利益,没有纠葛,更没有亏欠和偿还。这样的欣赏是干净的、清爽的、纯粹的、高贵的,脱离低级趣味的,也是属于那个名士时代的永远的纪念。

就像一滴水足以折射太阳的光辉一样,一件事足以折射出一个人的品格。王徽之的一生,是由无数个雪夜访戴这样的故事串联而成的。对于环境,他是不肯将就的,由于他对于竹子喜欢到无以复加,甚至在别人家借居,也要立马种上竹子,一句"何可一日无此君"成为千百年来的佳话。晚年,他与弟弟王献之同时得了重病,王献之先去世,奔丧之际,他调琴久久不能成调,不禁抚琴感叹"子敬子敬,人琴俱亡。"恸绝良久,月余亦卒。兄弟深情,至今读起来,仍让人唏嘘感动。

"子猷雪棹去心轻",只有心无挂碍的人、与世无争的人、内心干净的人才配欣赏这纯洁的雪色,才会欣赏时的轻松自如。那一夜的雪,让我看到了人格的高贵,灵魂的洁白和信仰的纯净!因为高贵,他只肯亲近兰泽芳草;因为洁白,他不会沾染污秽泥渍;因为纯净,他抛却了萦心的世俗芜累。去舟轻,让我们看到了魏晋时代的中国贵族超尘绝俗的一面!

倚钓重来此蓑笠 梅花十里雪空江

如果不需负重前行,谁不愿意岁月静好?如果生逢盛世之中,谁不愿安享此生。有谁一开始就是忧国忧民?写出《三吏》《三别》《自奉先县咏怀五百字》的杜甫,年轻时的时候也曾有过"会当凌绝顶,一览众山小"的豪迈情怀,也曾有过"致君尧舜上,再使风俗淳"的慷慨壮志。有谁一开始就能看淡生死?若不是因为"遍地腥云,满街狼犬,称心快意,几家能彀?司马青衫,吾不能学太上之忘情也。"那些"捐躯赴国难,视死忽如归"的英勇之士,谁不愿如林觉民在《与妻书》中写的那样"吾自遇汝以来,常愿天下有情人都成眷属"。有谁一开始就懂得挽救危亡?若不是生逢国家有难"社稷有累卵之危,生灵有倒悬之急",若不是"但愿苍生俱饱暖",又怎会如于谦般"不辞辛苦出山林。"如文天祥般"干戈寥落四周星",以一介之书生谋军布阵,勤王起兵。每一个有志之士,都会在国家有难时挺身而出。而在海清河晏的太平岁月,在难得闲暇的安稳日子,他们也都会度过片刻,属于自己的精神时光。"痴儿了却公家事,快阁东西倚晚晴"黄庭坚的这首诗就是古代士人一个很好的缩影。

宿山中用前韵

宋·文天祥

南山之隩北山阳,羽扇轻风共影双。
画桨菰蒲明月笛,青灯蟋蟀白云窗。
半生游子成行债,一夜佳人作别腔。
倚钓重来此蓑笠,梅花十里雪空江。

两千五百年前,《孟子·告子上》里有这样一段话:"鱼,我所欲也;熊掌,亦我所欲也。二者不可得兼,舍鱼而取熊掌者也。生,亦我所欲也;义,亦我所欲也。二者不可得兼,舍生而取义者也。生亦我所欲,所欲有甚于生者,故不为苟得也;死亦我所恶,所恶有甚于死者,故患有所不辟也。"这就是著名的"鱼"和"熊掌"不可得兼的来源,也是"舍生取义"的出处。在生死大义之间,文天祥

南宋·马远《雪履观梅图轴》

的取舍是明确而坚定的。文天祥的前半生,是处于南宋相对稳定的时期,所以他的生活与其他士大夫很接近。文天祥少年得志,二十一岁时,殿试中被宋理宗亲擢为状元。南宋繁荣的经济和杭州优越的自然条件,使他度过了十几年优裕从容的生活,《宋史·文天祥传》记载:文天祥性格豁达豪爽,平生衣食丰厚,声伎满堂。虽然在衣食用度上铺张,虽然在声乐歌伎上消磨,但是在"暖风熏得游人醉"的杭州,他还是保持着内心的极度

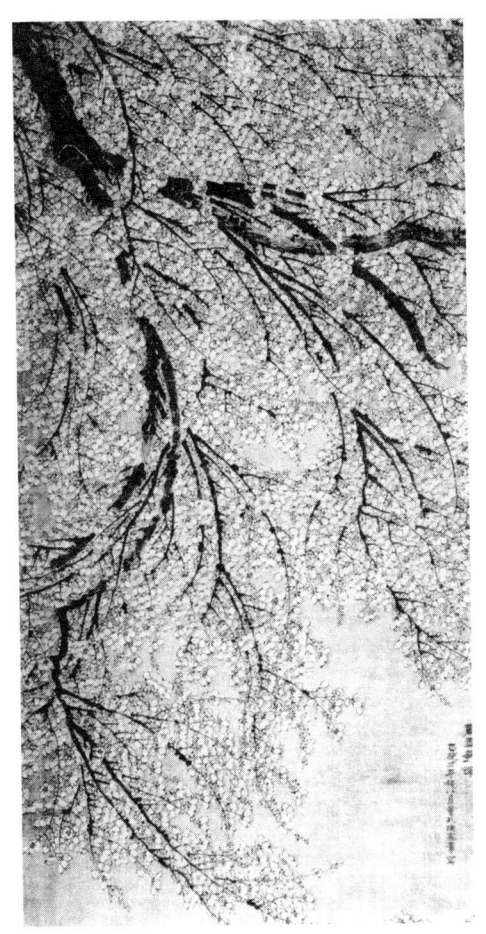

明·陈录《梅花图》

清醒。一旦到了国家有难的时候,他即刻觉醒,"痛自贬损,尽以家赀为军费。"这是一介书生的家国担当和刚正骨气,这种毁家纾难的精神是危难之际的人格闪光,足以光耀千秋。

今天我们所知熟知的文天祥,已经是彪炳于史册的历史伟

人。但是回首他的青年时代,在那相对安详的岁月里,我们看到了一个并不一样的文天祥。钱锺书《宋诗选注》评价他的诗歌:这位抵抗元兵侵略的烈士留下来的诗歌决然分为前后两期。元兵打破杭州,俘虏宋帝以前是一个时期。他在这个时期里的作品可以说全部都草率平庸,为相面、算命、卜卦等人做的诗比例上大得使我们吃惊。比他早三年中状元的姚勉的《雪坡舍人稿》里有同样的情形,大约那些人都要找状元来替他们做广告。文天祥早期的诗歌接近于宋代的"江湖派",相对于后期的悲怆激愤、慷慨老成,确实成就略逊。但是若说"全部都草率平庸"则未免太过于以偏概全。且不说平庸的标准本身难以界定,即使是从现存的诗歌本身来看,文天祥很多早期的诗歌还是很有可观之处。毕竟在宋代这个文化登峰造极,极为重视文官的时代,被皇帝钦点为状元,首先就要有深厚的文化功底。文天祥又生得相貌堂堂,身材魁伟;皮肤白美如玉,眉清目秀,观物炯炯有神。胸有锦绣,笔有乾坤,方能下笔写就"倚钓重来此蓑笠,梅花十里雪空江"这样开阔明朗的诗句。听说过十里桃花,十里柳岸,那是繁花似锦的春天,可是在这雪满寒冬之时,竟有十里梅花,映照着空旷雪江,读之恍若有一种浩然之气充盈其间,不禁让人心旷神畅。

此时的文天祥,心情是逸乐的。诗中那句"画桨菰蒲明月笛,青灯蟋蟀白云窗",让人眼前仿佛再现了这山林之中的风光。使人不禁想到那些大山名川。洛阳有一座名山,叫"白云山",海拔2216米,每次登临,当觉得已经登顶的时候,就会有另一座更高的山峰出现;等登上了更高的山峰,发现还有一座四壁都是悬崖,像云台一样的更高峰就矗立在前头。这座云台一样的高峰，就是主峰，珍奇的是，主峰中间是一个盆地，盆地中有一个小镇，在这个两千多米高的镇子里，长了很多高山植物，有高山牡丹，有松柏云杉。但最让人难忘的是在高大的乔木下生长着成片成片的叫作"旱莲"的植物，阳光和月光透过巨大乔木的缝隙照入莲海，到处都是田田的叶子。山顶的盆地有一条不小的溪流，从几千米的山顶流下，也形成了层层叠叠的瀑布，十分壮观。在山顶小镇之中，依山依林而建很多房屋，我就住在这如同台湾当代作家李乐薇描绘的空中楼阁里，每次晨起或午睡打开窗子，白云就朵朵飘来，林间的雾气也会散入屋子。相传这里是汉代张良最终隐居的地方，山中至今还存有留侯祠，作为纪念。这样的山也只有这样的人才更相得益彰吧。文天祥住宿的那座山中，至少也是有这样的景致。"羽扇轻风共影双"这羽扇纶巾的样子，像是孔明，又像是张良。只是文天祥大概是住在山涧，还傍着一条大江，因而有菰蒲，有明月，有笛声，有梅花，有落雪。也幸有这些景致，让我们看到了一个伟大人物曾经的年轻岁月，让我们读懂一个士人太平安居时怡情养性而不是金刚怒目的模样，也在另外一个视角中增加了看待一个历史伟人的视角。

狂忆射麋穷楚泽 闲思钓雪泛吴松

人生在世,总会有很多想要去做的事情。不过骑骏马在云梦泽畔射麋鹿,在吴淞江雪夜泛舟垂钓,确实是很狂放、很大胆洒脱的想法。荆楚与吴越之地发生过很多动人心弦的故事,至今让人无限追忆、无限怀念。

秋 思

宋·陆游

一径苔侵四壁空,北窗支枕听秋钟。
故人去后登楼怯,白发多来览镜慵。
狂忆射麋穷楚泽,闲思钓雪泛吴松。
相如病渴年来剧,酿酒倾家畏不供。

在云梦泽射麋鹿,这是楚国的悠悠往事,"云梦"地区自先秦以来就是的楚王狩猎区,地域广大,其中就包含云梦泽。唐、宋时期,云梦泽已大多填淤成陆,云梦畋猎真正成了历史典故。在吴淞江雪夜垂钓,一直是文人的梦想,那时候的吴松还不是今天的上海,还是一个典型的江南水乡,还能充分地感受到烟雨江南的气息,在吴松垂钓也是自古以来隐士常做的事情。无论是云梦射猎还是吴松钓雪,都是藏在书中的人文韵事,是大多士人可望而不可即的事情。

但也正因为是人文韵事,所以格外让人心驰神往。楚王射猎已经成为历史,但是发生在云梦泽中的故事,依然让后人津津乐道。《郁离子》中有这样一个故事:楚王猎于云梦,使虞人驱禽兽而射之。禽飞,鹿出于王之右,麋逸于王之左。王欲引弓射之,又有鹄掠过。王注矢于弓,不知射何也。养由基进曰:"臣之射也,置一叶于百步之外,十发而十中;若置十叶于前,则中不中非臣所能必也。"王曰:"何为?"养由基曰:"心不专也。楚王到云梦泽打猎。"天空的鸟,右边的鹿,左边的麋和掠过的天鹅让他不知道射哪个好。养由基告诉他,自己射箭的时候如果前面有一片叶子,百步之外都能射中,如果放十片叶子,能不能射中就不确定了。并说这是由于是不是专心致志的缘故。养由基是楚国的射箭高手,百步穿杨讲的就是他的故事。射箭和其他各门技艺一样,讲究的是专心致志。这是中国古人一直强调的重要理念,而借小故事讲大道理也是中国古代惯用的手法。云梦泽之中的各种珍奇异兽,迷惑了楚王的双眼,在如何下弓这个问题上,他陷入了两难的处境。作为国手的养由基一句"心不专也"道出了问题的所在。打猎如此,对于楚王来说,很多事情都是如此。其实除了专心,这里面还有很多值得思考的事情,就比如说得与失的问题。《老子》说"五色令人目盲,五音令人耳聋",生活之中纷扰我们的事情实在是太多,这时候就需要我们用心对这些事情进行筛选清理,保持我们真正想要、真正需要、真正重要、真正有意义的事情。《老子》中"少则得,多则惑"说的就是这样的道理。

云梦泽的故事当然并不只此一个,既然是在王室禁苑,自然多和楚王有关。《孔子家语·好生》里面记载了这样一个故事:楚王出游,亡弓,左右请求之。王曰:"止,楚王失弓,楚人得之,又何求之!"孔子闻之,"惜乎其不大也,不曰人遗弓,人得之而已,何必楚也。"楚王打猎时丢失一张弓,左右随从请求去寻找,但是他说:"失弓的是楚国人,得弓的也是楚国人,何必去寻找弓呢?"这件事本意是在两方面显示楚王宽广的胸襟:一方面,楚王不介意失去弓,愿意让另一个楚国人得弓;另一方面,他虽是君王,却不介意让一个臣民得弓,视君王与臣民都是平等的"楚人"。可是孔子依然觉得,楚王不够博大,认为对于楚王这样层级的人物来说,应该说"丢了弓的是人,得了弓的也是人"不必局限于是不是楚。孔子是出于"仁"的角度来理解这个事情,仁对于众生都是平等的,但是从历史的角度来说,孔子说出了一个很关键的事情,那就是楚王的胸怀问题。楚国国君的胸襟只是停留在楚国这一亩三分地而没有放眼天下的气度。

楚自立国以来,日益坐大,公元前704年,熊通僭越称王,是为楚武王。楚庄王时,问鼎中原、邲之战大败晋国而称霸,开创春秋时期楚国最鼎盛的时代。进入战国,楚悼王任用吴起变法,一时间兵强马壮,初露称雄之势。楚宣王、楚威王时期,进入了最鼎盛时期。即便是到了楚怀王时期,也东攻越国,尽得吴越土地。在当时,楚国是人口最多、经济最强、面积最大的国家,然而苟且自安,不思图进,远没有一统天下的壮志,最终凄凄切切,被秦国一再欺凌,节节败退,最终亡国。相对于中原地区,楚地有自己的文化传统、语言文字、风俗习惯,楚之为楚,有

宋·许道宁《雪溪渔父图》

着与其他诸侯国截然不同的特色,楚国虽大虽强,但由于强烈的本土文化认同,相对优越的自然条件和富庶的国家经济,也天然包含了固步自封的基因,对于统一天下似乎并没有特别大的兴趣。楚王失弓的故事里,是否早已经暗含了楚人乃至楚君的这种安于本土的心理了呢。

如果说"狂忆射麋穹楚泽"是一种荆楚的美、狂放的美、张扬的美的话,"闲思钓雪泛吴松"则是一种江南的美、安静的美、悠闲的美。吴松之地自古承载着无数文人的梦想,吴松也将江南的风情体现得近乎完美。北宋苏洞写过一首诗,名字就叫《吴淞》:"把蟹风前醉,吟诗水面歌。馀年听造物,所嗜独烟波。兰棹凭双桨,菱花笑一皤。稽山今又昔,贺老苦无多。"把蟹风前,吟诗水面不正是诗人心目中的江南吗?从春秋战国时期,作为楚国春申君黄歇的封邑到秦汉以后先后属会稽郡、吴郡,乃至于唐至清历次名称变换,吴松之地作为江南的代表远远比清代道光之后开埠,我们今天称之为"上海"的时间要久远。

也正因为如此,历朝历代的诗人都因这江南景色,留下许多脍炙人口的名篇。"鸥鹭稍回青霭外,汀洲时起绿芜中",这是王安石;"扁舟荡漾泊何处,红蓼白苹相映生",这是司马光;"香飘菡萏短篷中,水色山光一样同",这是俞桂;"月静沙寒知雁宿,云深水暖羡鱼游",这是杨蟠;"东篱菊花约,莫易负清秋",这是陈必复;"积树细开山滤色,浓云骤破水交明",这是张民表;"占得中吴第一清,莼鲈里社可鸥盟",这是叶茵。

每一个诗人眼中都有一个属于他们的江南,每一个时节的吴松,都有他独到的景致。雪本不是江南的常态,也正因如此,雪里的松江更显得与他时不同。那时的松江比四时明净,虽不一定独钓寒江,但至少并无多少"江上往来人"。垂钓最磨人心性,此时的江景,因为有雪,让人最能平静,松江泛舟、心情畅快的垂钓,意义早已超出了钓鱼本身。再加上鲈鱼以松江最为有名,《三国演义》讲述方士左慈为曹操做龙肝凤髓,又让人从盆中给"钓"出了一条松江鲈鱼,引得满座宾客惊叹不已。虽是小说,也可以看得出这松江鲈鱼的名贵。若是雪中垂钓能有所获,得鲈鱼而归,自是十分圆满的事情,即便并无所得,钓雪吴松也是人生中的一件乐事。

花寺水村时驻马 暮天秋雪独登楼

大部分做官的诗人词人,人们只记得他写的诗词,却记不得他做过的官职。且不说李杜、元白、小李杜、苏辛这样为官的诗词大家,即便是张九龄、李绅、晏殊、王安石这样身居宰相的人,后世人初次相识时也多缘起于诗词。可是对于寇准,人们大多只知道他是宰相,很少有人知道,他也是一个著名的诗人。更少有人知道,宋初文坛,这位宰相作为"晚唐体"的盟主,独分半壁江山。

忆岐下旧游

宋·寇准

二年岐下假诸侯,事简民安选胜游。

花寺水村时驻马,暮天秋雪独登楼。

静眠铃合闻羌笛,闲酌松醪引越瓯。

别后几回空有恨,叶飞蝉噪动离愁。

寇准出身望族又自幼聪敏好学。《宋史》记载:"父湘,晋开运中,应辟为魏王府记室参军。准少英迈,通《春秋》三传。"他的祖上因有军功,赐以官职为姓。他的父亲寇湘于后晋开运年间考中进士甲科,后应诏任魏王记室参军,后因屡建功勋,被封为国公,追赠官职至太师尚书令。寇准天资聪明,又勤奋好学,和中国历代以来的望族一样,很小便接受了良好的教育,十四岁时已经写出了不少优秀的诗篇。十五岁时就能精习《春秋》。寇准一生之中三次被任命为宰相,性格刚毅,做事果断,辽军大举进攻之际,劝谏宋真宗御驾亲征,

宋·范宽《雪山萧寺图》

签订"澶渊之盟",此后宋、辽之间百余年间不再有大规模的战事,礼尚往来,通使殷勤,双方互派使节共达三百八十次之多。后代政治家尤其是北宋政治家对其极力称赞,名相范仲淹评价:"寇莱公澶渊之役,而能左右天子,不动如山,天下谓之大

忠。"名相王安石写诗说:"欢盟从此至今日,丞相莱公功第一。"因其功业,后世人将他与唐朝名将张仁愿、太傅白居易并称为"渭南三贤"。

出身于军功之族又带着西北的豪迈,寇准生性豪爽。《宋史》记载:"准少年富贵,性豪侈。"再加上身居高位,性格刚直,寇准的诗歌,常在不经意间透露出一种豪放的气质,他眼中的雪,并不只是针对一物的描摹,而是作为幕布和背影,有一种苍茫的大气。"暮天秋雪独登楼",气度恢宏,境界全出。著名词作家阎肃曾说:"我们也有风花雪月,但那风是'铁马秋风',花是'战地黄花',雪是'楼船夜雪',月是'边关冷月'。"这是军人的"风花雪月"。寇准眼中的雪虽不一定必然是"楼船夜雪",但是那种铁肩担道的责任,那种擎天立地的气概,那种挽救危亡的担当,让这雪也增加了几分大气大度。

没有一颗纯净的内心,不能成为诗人;没有高尚高洁的情操,不能成为一代名相。自幼的家庭教育,先贤的谆谆教诲,清正的人生追求,刚直的仕宦经历让寇准在砥砺洗涤中更加清楚自己,坚定追逐。

都说宰相腹中能撑船,只是这心胸装得下国计民生,装得下朗朗乾坤,却并不装浊泥污流。寇准的内心只有一心为公的使命和高尚清雅的志趣。所以在为政上,他崇尚"事简民安";在政事之后,他喜欢选名胜古迹而游。他的心胸如暮天秋雪般,高洁而阔大;他的志向如山顶白雪般,纯净而崇高。

寇准一生宦海浮沉,久经风浪,但是寇准的诗歌却很少谈及这些事情。大概宽阔的大海,无心留意细碎的尘沙;高贵的眼睛,只会关注美好的风景。他会在春日登楼时,写下"野水无人渡,孤舟尽日横",会在夏日长坐时,写下"幽鸟远声来独树,小荷疏影占前塘",会在秋日送别时,写下"孤烟暝汀树,霜气高秋空",会在冬夜旅居时,写下"江楼千里月,雪屋一龛灯"。他会在重阳登高,写下"旨酒浮仙菊,清歌绕画梁",会远临边塞,写下"征人临迥碛,归雁别沧洲",会闲居作诗,写下"独坐闻鸿远,闲吟见月高",会流连水乡,写下"苇岸秋声合,莎亭鹤影孤",会登金陵城,写下"旧苑荒馀草,平川半古丘",会凭吊屈原,写下"深岸自随浮世变,遗魂不逐大江流",会钦慕隐士,写下"心地通禅寂,田园近海涛",会深夜独坐,写下"蕙浦月华白,竹窗灯影青"。他会写草"楚泽晴芳处,秦川晚翠时",会写雨"山晦峰峦隐,烟凝岛屿幽",会写月"淡色迷蓬户,馀光映宿

明·戴进《雪景山水图》

禽",会写花"繁花昨夜香苞裂,露裛风吹照野时"。他会为世间景色沉迷,在花寺水村驻马,在他的诗中,始终都是生活的情调,都有人性的温度,有山林之思,有闲逸雅趣,有诗情画意。

　　走在时代前列的人,没有一个不孤独。古来圣贤皆寂寞,是因为时代缺乏知音人。柳宗元"独钓寒江",寇准亦是独自登楼。秋雪漫野,天寒楼空,但几乎可以想象,他此刻的脚步是多么坚定自信有力。就像景德元年,辽国20万大军南下时,他只身进宫陛见宋真宗,力排参知政事王钦若、枢密副使陈尧叟迁都之议,坚决主张御驾亲征一样。王安石说:"世之奇伟、瑰怪、非常之观,常在于险远,而人之所罕至焉,故非有志者不能至也。"大概那有志者就是像寇准这样的人。我想起了他7岁时写过的《咏华山》"只有天在上,更无山与齐。举头红日近,回首白云低",能洞彻时局的人,往往是需要独自登高的人,独自登高的人,也是最能登高看远的人。王安石说"不畏浮云遮望眼",不知此刻的寇准是否也是同样的心境。雪依然在下,风依旧在吹,古老的城楼托举着一个伟大的身躯和一双洞察世事的眼睛。

何如雪后琼瑶迹 印记诗人独自来

这是属于众生的一场雪,也是属于诗人一个人的一场雪。这是大地之上,万物同沐的恩泽,也是绵绵小道,诗人独享的灵秀。如果那漫天的洁白是上天的诗行,这孤独的脚印就是落下的刻章。

走笔和张功父玉照堂十绝句

宋·杨万里

騃女痴儿总爱梅,道人衲子亦争栽。

何如雪后琼瑶迹,印记诗人独自来。

《南史·齐纪下》里记载着这样一个故事:南齐东昏侯萧宝卷的妃子潘玉儿十分貌美,东昏侯非常宠爱她,为她修建了神仙、永寿、玉寿三座宫殿,穷奢极欲,宫殿地面铺金莲纹,潘玉儿在殿内行走,每一步都踩在金莲之上,称为"步步生金莲"。潘妃的美貌,后人无缘得见,但是潘妃留给后世的这个典故,却让人津津乐道。也许在东昏侯的眼里,潘玉儿是配得上这样的黄金铺地、步步莲花的。诗人是思想上最有趣的人,是灵魂上最

明·唐寅《观梅图轴》

美丽的人,虽没有黄金铺地的宠溺,但有造化灵秀的青睐。"何如雪后琼瑶迹,印记诗人独自来",大雪之后人人争相看梅,只有诗人独自往雪深人静之处行走。雪后的路,没有步步莲花,但是诗人的锦心绣口本来就能妙笔生花,口吐莲花,而此刻诗人的脚步,每一下都落在这琼华玉屑之上,声声玉碎,步步琼瑶。这是大自然的鬼斧神工,这是上天造物的出神杰作,没有黄金的打造,但有自然的雕琢,没有皇家的铺排,但有造化的点缀。

雪后之路,适合诗人独走,诗人踏雪,也往往向没有人迹处行走。诗人,是需要清赏的人,是需要思考的人,是需要发现真美的人。清赏就需要清净,思考就需要远离喧嚣,发现真美就不能让芜杂玷污了纯净的眼睛。所以诗人不愿喧嚣,只想自己一个人安静地走过,何况雪后的世界,是世间难得的清境，更是不能让外在来打扰了。

诗人是喜欢幽独的。所以苏轼说："谁见幽人独往来，缥缈孤鸿影。"在被贬黄州之际，苏轼曾经做了很多独自出游的事情。有一次夜饮东坡之后，拄杖归来，敲门久久不应，就写了"小舟从此逝，江海寄余生"。宋人笔记中记载，传闻苏轼作了这首词之后，"挂冠服江边，拏舟长啸去矣。郡守徐君猷闻之惊且惧，以为州失罪人，急命驾往谒，则子瞻鼻鼾如雷，犹未兴也。"大概无论是郡守还是家童，他们都是无法理解诗人的"幽独"之趣的。《红楼梦》中林黛玉进院门后，看到满地竹影参差，苔痕浓淡，想起了《西厢记》中"幽僻处可有人行？点苍苔白露泠泠"二句诗来。正因为林黛玉是诗人，所以特别能体会这幽独的感觉。所以她也会独自葬花，依风作诗，这些都是幽独的趣味。而雪中的幽独又有所不同，此时的幽独不仅是诗人内心的幽静，就连外在，也是茫茫的洁白。再加上冰雪清寒，这"独"更彻底，也更清美。

杨万里历仕南宋高宗、孝宗、光宗、宁宗四朝，累官至宝谟阁直学士，封庐陵郡开国侯。他又是一位诗人，一代文宗，是诗歌"诚斋体"的创始者。他是懂得雪中之乐的，那乐趣就在踏雪之际，就在独行之中。作为政治家又作为诗人，他是明白的，人生路上，很多时候一个人行走，干事途中，有很多事也要自己走出一条路来。他说"笔下何知有前辈"，又说"作家各自一风流"，所以他"落尽皮毛，自出机抒"，以开拓创新精神开创了一种新的诗体"诚斋体"，别转一路，自成一家，开一代诗风。

第五章 大雪满弓刀

欲将轻骑逐 大雪满弓刀

这雪是丰年的瑞雪，是浴血之后的累累战功，是刻在青史之上的卓越勋章；这雪是塞外的雪，是烽火狼烟催生的雪；是带着将士怒吼，鸣金擂鼓的雪；这雪是落在弓刀之上的雪，是决战杀伐的雪，是虽远必诛的雪。

和张仆射塞下曲

唐·卢纶

月黑雁飞高，单于夜遁逃。

欲将轻骑逐，大雪满弓刀。

不到边塞，未经军旅，是写不出这么雄浑豪迈的诗歌的。五绝向来不适合叙事，因为那短短只有二十字的诗歌容量，怎么能把一件事情表述得清楚，更何况是那么宏大的战争场面。可是卢纶做到了，在这么小的篇幅内，他硬是把一场战争写得英气逼人，活灵活现，读之仿佛使人身临其境，又让人感慨感叹。诗能如此，固然是因为身为"大历十才子"之一的卢纶才华横溢，然而不可或缺的还有军旅生涯对诗人眼界胸怀的开阔，

清·华嵒《天山积雪图》

以及由此不得不发的由衷感慨。卢纶是深知军旅的。唐德宗建中四年,泾原镇士卒兵变,攻陷长安,朝廷颜面扫地,咸宁王浑瑊出镇河中,召卢纶为元帅府判官。这段独特人生经历,为卢纶一组《塞下曲》的写作产生了深远的影响。那时候的唐王朝依然保留着诗赋取士的传统。边塞之地,有才如此,如锥在囊中,很难不显露锋芒。这组诗歌,在当时迅速传开,产生了很大的影响,就连当时的唐德宗也忽觉眼前一亮,竟想不到,我大唐军中还有如此人物,寥寥数语尽显我大唐神威。皇帝的欣赏很快改变了诗人的命运,长期沉沦下僚,仕途蹉跎的卢纶被破格提拔为户部郎中。虽然被提拔不久,诗人很快就病死了,但这样的人生经历也为这组诗歌添了几分神秘色彩。

塞北的雪总是纷纷扬扬的飘撒,江南的雪即便再大,也总觉得婉约。而在塞北,那阔大的原野一望无际,再加上塞北苦寒,朔风如刀,滴水成冰,所以一有降雪即是"千里冰封,万里雪飘"的景象。驰骋在这样的蜡原之上,人的心胸是辽阔的,也很容易让人有建功逐鹿的想法。曹植在《白马篇》中写道:"白马饰金羁,连翩西北驰。借问谁家子,幽并游侠儿。""羽檄从北来,厉马登高堤。长驱蹈匈奴,左顾凌鲜卑。""名编壮士籍,不得中顾私。捐躯赴国难,视死忽如归!"这塞北的雪里,奔腾过多少游牧民族的铁骑,也飘扬过多少大汉民族的王旗,又承载了多少有志之士建功边疆,燕然勒石的梦想。

"不入虎穴,焉得虎子",这样的功业,注定要属于那些孤胆英雄。公元前123年,年仅17岁的霍去病被封为骠姚校尉,率领八百骑兵深入大漠,两次功冠全军,封"冠军侯"。公元前121年,19岁的霍去病两次指挥河西之战,歼灭和招降河西匈奴近10万人,俘匈奴祭天金人,直取祁连山。霍去病用兵灵活,喜快速突袭,常常让匈奴猝不及防,所谓"欲将轻骑逐",不正是这样出其不意的奇兵吗?这是勇气与胆魄的较量,一个青年就这样完成了永载史册的战争神话。读塞北的雪,读出的是英雄的味道,是血性的阳刚。穹顶之下,荒草连天,雪原之中,战马奔腾。这雪要飞上刀锋,飞上箭镞,飞上骏马,飞上战甲,飞上酒囊,飞上狐裘,飞上节钺,才不枉人间一遭。

寒沙四面平 飞雪千里惊

这不是一场发生在现实世界中的雪,这是一场汉代的雪、想象的雪、心中的雪;这是一场文人加工过的雪,是一场波澜壮阔的雪,是一场改换时空的雪;这是一场盛世王朝的雪,一场军功赫赫的雪,一场扭转乾坤的雪。

效古诗

南北朝·范云

寒沙四面平,飞雪千里惊。风断阴山树,雾失交河城。
朝驱左贤阵,夜薄休屠营。昔事前军幕,今逐嫖姚兵。
失道刑既重,迟留法未轻。所赖今天子,汉道日休明。

范云生活的时代,无论是南齐还是南梁,都是偏安于一隅的政权。大汉的辉煌,凿通西域,北逐匈奴,早已被三国两晋消耗殆尽。宋齐梁陈更是在战火纷飞中苦苦支撑,哪里还有当年半分燕然勒功的影子。建邺城的山清水秀,秦淮河的烟花风流,与塞北的胡沙、大漠的飞雪完全是两种截然不同的风格。山清水秀的江南似乎读不懂西北的狼烟,软糯香甜的吴音或许

宋·杨邦基《出使北疆图》(局部)

并不解遥远的驼铃。然而那些记录在史册里的故事,那些载入到典籍中的诗词,依然向人们悠悠倾诉王朝曾经的往事和发生在那个时代的壮怀激烈。

  作为南朝著名的文学家,自幼熟读经书,"竟陵八友"之一的范云,自然是熟悉那个痛饮酒泉,逐敌漠北的时代。汉代的乐府诗,大多就是直言叙事,虽残缺不全,却只言片语叙述着塞北的景象。这些片段在诗人的脑海中不断沉积,丰富,日益还原出一个阔大的边疆、一场场惊心动魄的战事。范云当时所能

宋·杨邦基《出使北疆图》(局部)

读到的汉代乐府诗,远远比我们今天能看到的丰富,那时候离汉代还并不遥远,还没有后代诸如"江陵焚书"这样的文化浩劫,也没有之后所有改朝换代和战争对文化典籍的破坏,所以他更能清楚而丰富地了解汉代边疆战争的状况,能想到当年的塞北的荒凉和战争的惨烈。我们今天通过《饮马长城窟》这样的诗歌依稀能读出当年征战的状况,但真正的古战场远超我们今人的想象。唐代李华有一篇古文叫作《吊古战场文》,开篇即是"浩浩乎,平沙无垠,复不见人。河水萦带,群山纠纷。黯兮惨悴,风悲日曛。蓬断草枯,凛若霜晨。鸟飞不下,兽铤亡群。亭长告余曰:'此古战场也,常覆三军。往往鬼哭,天阴则闻。'"李华离汉代的时间比今天的我们要近一千多年,但是比范云的时代,还要晚上几百年。范云所能了解的古战场,一定比这样的描述更为细致震撼。这些历史的场景历历在目,于是乎"寒沙四面平,飞雪千里惊。风断阴山树,雾失交河城"的诗句至此喷薄而出。只是这诗句比起乐府诗的浅白显得文雅整饬,比起乐府粗犷的用语显得更加精炼凝括,气势非凡。四面的寒沙漠漠、千里的飞雪飘飘,历史仿佛一下子飞出了书页,出现在眼前,一场战事好像即将展开。

　　这场雪是那么急促,急促得让人吃惊,就像紧锣密鼓的鼓槌,刹那飞来,千里荒漠已经披上了一层白纱。天地为之变色,山河为之易形。没有江南的雪那么悠闲,就像不能错失的战机一样;没有降落庭院那般委婉,暴风骤雨般的飘落,目之所及,皆成冰霜。雪与沙的交融,沙丘成了白色的雪海,雪海成了白色的沙漠。阴山的树木、交河的城池,虽然相隔千里之遥,而此刻在诗人的脑海中同时显现,那摧折树木的狂风、那迷失城池的大雾,和那四面寒沙、千里飞雪一样,成为边塞的图标。

　　南朝的国土普遍较为狭小,远没有达到直达汉代边塞的水平,西域更是遥不可及。然而范云的诗歌,却能读出塞北的雄浑壮阔,战场的风嘶马鸣,实为难得。这固然得益于对前人的吸纳借鉴,最重要的是,范云是经历过战争,经历过宫廷流血政变的,就像袁行霈《中国文学史》中所写的那样:如果将整个魏晋南北朝时期都称作乱世,也许并不过分。汉末的战乱,三国

宋·杨邦基《出使北疆图》(局部)

的纷争,西晋统一不久发生的"八王之乱",西晋的灭亡与晋室的东迁,接下来北方十六国的混战,南方东晋王敦、桓玄等人的作乱,北方北齐、北魏、北周等朝代的一次次更迭带来的斗争,南方宋齐梁陈几个朝代更迭带来的争斗,以及梁末的侯景之乱,再加上东晋、南朝的北伐,北朝的南攻,在三百多年里,几乎没有多少安宁的时候。而范云就生活在这个兵连祸结,战乱频仍的时代。生活在战争的阴霾之中的范云,对血腥与杀戮再熟悉不过了。他笔下的战场,隐隐中已经囊括了他所在时代战争的影子。

范云笔下战争没有那么多的悲伤,或许是习惯了那个时代,但我更愿相信,他在寻找一场盛世的辉煌,生逢乱世是人生无可奈何的选择,但对于盛世的向往却一刻都没有停止过。他笔下的战争是扬名立万的战争,是报仇雪耻的战争,是扬我国威的战争,每一场战争的背后都有一位在青史中赫赫有名的英雄。"兵者,凶器也""师之所处,荆棘生焉。大军之后,必有凶年",但是有一些欺凌和奴役,只有铁与血才能解决,所以《老子》在说出那句"兵者,凶器也"的时候,紧随其后就说道"圣人不得已而用之"。饱受匈奴欺凌的大汉王朝,在几次绝地反攻之后迎来了数百年的和平发展。而处在乱世之中,饱读圣贤之书的范云,何尝不是期待有一代英主的出世,有几场如同汉武帝时的战争,一扫几百年来"乱世人不及太平犬"的阴霾?但是时也,势也,"时来天地皆同力,势去英雄不自由",很多事情不是仅凭个人的主观意愿便能解决,汉代立国之初的将领哪一个不是身经百战,九死一生,可是与匈奴一战汉高祖身陷白登之围,几乎殒命。此后几代帝王不得不纳贡和亲,韬光养晦,汉武帝的时代,不是因为出了卫青、霍去病这样的骁骑猛将,而是国力国势等综合因素的作用。同样,范云所在时代的梁武帝并不是碌碌无为的君主,南朝少有的五十年的太平,就是在这位皇帝的统治下实现的。但是,当时并不具备出现卫霍功勋的条件与可能,所以没有"朝驱左贤阵,夜薄休屠营。昔事前军幕,今逐骠姚兵"的金戈铁马,倒是成就了"南朝四百八十寺,多少楼台烟雨中"的南朝情调。写古战场,范云完成了自己思想上的救赎,可是又有谁去拯救那个荒凉的时代。

就像范云很多诗歌一样,"寒沙四面平,飞雪千里惊。风断阴山树,雾失交河城"仿佛不是那个时代会出现的作品,而更像是唐人的格调。这句咏雪诗,即便是放在整个中国文学史所有的咏雪作品中也毫不逊色。钟嵘在《诗品》中评价他"范诗清便宛转,如流风回雪"。极为准确贴切。这位八岁能写诗的天才,向我们证实了,无论在什么时代,一流的诗人总能写出无愧于时代的作品,总能收获千百年之后的认同和感动!

雪似胡沙暗 冰如汉月明

边关的雪落下的时候,塞北的风正卷着狂沙呼啸。滴水成冰的夜晚,冷月如镜高悬,瀚海阑干,冰冻千尺,映射着清冷的月光,冰凌像月光一般明亮。

雨雪曲

唐·卢照邻

虏骑三秋入,关云万里平。

雪似胡沙暗,冰如汉月明。

高阙银为阙,长城玉作城。

节旄零落尽,天子不知名。

唐代的诗人是很喜欢以汉比唐的,明明是唐代的月亮,诗人却偏要说"冰如汉月明",汉唐这两个王朝,都是中国古代最辉煌的王朝,唐代完全不逊色于汉代。以汉比唐大概是有三个方面的原因的:一来是出于避讳,写同一时代的故事总是有很多不便表述的成分,所以《长恨歌》中称为"汉皇重色思倾国""闻道汉家天子使"。二来汉与唐有太多的相像,无论是汉承秦

五代·巨然《雪图》

制还是以唐代隋,都是从一个结束了分裂战乱且短命的大一统王朝那里继承过来,国家一统,幅员辽阔,实力强大。三是确实是崇敬。大凡以汉比唐多是在王朝的初期,那时候的唐代文人并不能预料到这个强盛的王朝未来能走向何方,以汉比唐多少有些期望的成分。这一点有点像明孝陵前面"治隆唐宋"的碑刻,大明王朝以唐代为楷模自然不错,但是以宋为典范,确实是让人没有想到的。不过宋虽疆域有限,但所辖之地都是历代王朝最重要的地区,再加上文化兴盛、经济富庶、历十八帝,享国三百一十九年,对于初建大明的朱元璋来说,的确是值得仰望的高峰。至于

"冰如汉月明",若细思究起来也是没有错的,唐代的明月自然还是汉代的明月,这一轮明月从来就没有变过,"人生代代无穷已,江月年年只相似",只是时移代转,物是人非,而明月自始至终只此一轮,这样来讲,卢照邻说得没错。

卢照邻所写的雪大概是甘陕一代的雪,这雪没有那么大,"空中撒盐差可拟",像细碎的冰晶撒入到黄沙和黄土的表面,没能完全覆盖住地表的雪,风沙又常常将这初落的雪掩埋。我在敦煌见过这样的雪,雪落下之后凝结成一层冰盖,薄薄的覆盖在沙丘上,一有尘沙的天气,风把远方的沙子吹起,就覆盖在这冰盖的外面。放眼望去,看不到雪在哪里,走进跟前,才发现雪早已混进了沙子当中或者在一层薄薄的细沙下面。沙子和雪粒一样的细小,又掺杂在一起,难怪给人以"雪似胡沙暗"的感觉。再有塞外的天气一到深秋就格外阴沉,灰蒙蒙的天空与黄褐色的土地交相呼应,整个世界都笼罩在阴沉的气氛之中,雪带着天空与大地的颜色,带着尘沙与胡风,让洁白染上了赭石的颜色,与这西北的天气紧紧地黏在了一起。不过"雪似胡沙暗"倒没有太多苍凉的气氛,反而是有几分清爽与明净。这雪像这沙子一样干爽,也像这沙子一样纯净,雪与沙的混合,使茫茫天地间只有了一种颜色,是暗淡但并不暗沉的颜色,是一种透着西北格调的纯正之色。

能以一己诗名,点亮一个时代,毫无疑问"初唐四杰"绝对是当时最闪耀的明星。论出身,卢照邻一出生就落在了很多人可能一生都达不到的终点上。讲他的家族,就要讲那个看重"阀阅"的时代。李唐皇室出身于关陇士族,并得到了士族门阀的支持而终有天下。所以唐代初期受门阀士族影响深远,成为继东晋之后的又一个顶峰,天下门阀士族之中,"五姓七宗"又被称为豪门中的豪门,顶级中的顶级,他们分别是陇西李氏、赵郡李氏、博陵崔氏、清河崔氏、范阳卢氏、荥阳郑氏与太原王氏。能与五姓联姻,是比加官晋爵荣耀的事情。甚至于宰相薛元超以未能娶到五姓七宗家族中的女子为妻而作为人生中一大遗憾,清河崔氏因为嫌弃大唐皇室有胡人血统,居然拒绝迎娶大唐公主。而卢照邻一出生就落在了初唐被公认为天下诸族之首的"崔卢"中的礼学世家范阳卢氏。论学识,卢照邻年幼时便接受了良好的家族教育,17岁考中进士,被邓王李元裕看中,任王府典签,甚受器重。可以说不仅赢在了起跑线上,而且拿到了一手的好牌。论才华,能位列"初唐四杰",足以见世人对他的认可。"王杨卢骆"是武则天时宋之问的排法,据说杨炯对这个排名很有意见,他说"吾愧在卢前,耻居王后"。都说文人相轻,但即便同样才华横溢的杨炯,对于卢照邻的才华也充分肯定的。

  只是无论任何一个时代,才华都只是人综合素质中的一个方面,可能是重要方面,但绝不是全部。人生是一场复杂的旅程,没有人能定得了开头也没有人猜得出结尾,优秀的人如过江之鲫,有一手好牌也要谨小慎微的打,顺天由命地出,耐心隐忍地等。纵观王杨卢骆的一生,皆官小而才大、名高而位卑。卢照邻是幸运的,他点亮了大唐的诗空,开启了诗歌繁盛的时代。但他也是不幸的,炫丽的开场没有等来鲜花着锦、烈火烹油般持续的繁盛,而是烟花落尽、繁华褪却之后持久的悲凉。他的后半生一直在同疾病为伴,明代张燮《幽忧子集题词》有言:"古今文士奇穷,未有如卢升之之甚者。夫其仕宦不达,则亦已耳,沉疴永痼,无复聊赖,至自投鱼腹中,古来膏肓无此死法也。"好的身体是灵魂的天堂,坏的身体是灵魂的监狱。很不幸,卢照邻就是生活在这样的监狱之中,为治病耗尽家财,甚至到了乞钱买药的程度,但最终却一手残废,双脚萎缩。据清代纪晓岚在《四库全书总目提要》记载:"其病废以后,与洛阳名流朝士乞药直书,至每人求乞钱二千,其贫亦可想见,盖文士之极坎坷者。故平生所作,大抵欢寡愁殷,有骚人之遗响,亦遭遇使之然也。"即便是拜了当时名医孙思邈为师,但病情始终没有缓和,因不堪忍受病痛,最终在贫病交加之中投颍河自尽。卢照邻的后半生是不幸的,但卢照邻很少写自己的疾病和不幸,悲痛没有蒙蔽诗人仰望星空的眼睛,在他的诗中依然能读出豪情与雄健,那些美丽的诗篇至今依然在流传,他笔下那边塞的雪景,时至今日依然让人感受到清壮之美。他属于那个时代,又属于每个时代,他的闪耀不仅是大唐的荣耀,更是万世的光辉,正如杜甫说所"尔曹身与名俱灭,不废江河万古流",卢照邻当之无愧,而这场雪因他而千古扬名。

征鸿辞塞雪 战马识边秋

边关岁月,承载着无数将士的回忆。这回忆不仅有塞北的风、大漠的雪、关山的月,还有那南来北往的鸿雁,驰骋疆场的战马,它们是边关一抹不可或缺的景色。

送友人往振武

唐·李频

风沙遥见说,道路替君愁。
碛夜星垂地,云明火上楼。
征鸿辞塞雪,战马识边秋。
不共将军语,何因有去留。

边塞漫长的时光,将士们印象最深刻的陪伴,大概就是战马和鸿雁。时常,在大雪纷飞,拥毡不暖的寒夜,铁甲在身的将士在围着篝火取暖,闲话家常,远方山外,是望不见的关内,明月尽头,是回不去的故乡。几声雁鸣飘过,一行雁阵径直向山的那边飞去,将士们忽然停住了交谈,痴痴地、不约而同地望着那群飞雁,夜突然开始变得宁静,只听见火中噼里啪啦的声响,

宋·李公麟《五马图》(局部)

窜起的火焰照亮了一个个通红的脸膛和闪着光亮的眼睛。也时常,在明月高悬的深秋,胡笳穿过夜的清凉,整个边关沉静在溶溶月色的笼罩中,远处的阴山历历在目,身后的长城直达黑夜的尽头,雁声阵阵,飞过流霜的夜空,辗转难眠的士兵披衣长坐,吹了一宿的玉笛,霜华满地,像落了一地的梅花。

有这么一幅场景,残阳似血的黄昏,一场战事刚刚结束,浮尸遍野,流血漂橹,塞上燕脂凝夜紫,战火的余烬依然在焚烧着残破的旗帜,空气中弥漫着烧焦的味道和战士的呻吟。宝剑折裂,钢刀卷刃,盾甲破碎,箭羽凌乱,汩汩的鲜血染红战马的鬃毛,苍凉的嘶鸣穿透空彻的云霄。也有这么一幅场景,春风浩荡,春雪初融,塞外的绿草在残雪中吐露新芽,草色遥看近却无的时节,煦暖的阳光,悠悠的白云,将士骑着毛色新亮的马儿驰逐在辽阔的草原,革囊之中有好酒,痛饮狂奔。

这些都是边塞的图景,寥落的边关岁月,鸿雁和战马始终是将士们最忠实的陪伴,也是他们生命中的最重要的一部分。战场的主人是将士也是它们,它们点缀着边关生活的点点生机。边关的岁月是艰苦的,也是难得的,是极为宝贵的拓展生命阅历的机会。且不说塞外的景色,即便咀嚼这样的日子,苦涩中也有久久的回甘。更何况,人生本是一场旅程,"人生到处知何似,应似飞鸿踏雪泥。泥上偶然留指爪,鸿飞那复计东西。"能够看到不同的风景又何尝不是一种幸运,生命的意义在于他的充实与丰富,不管这是主动请缨的选择还是命运无可奈何的安排,既来之则安之,畅享人生别样的风景。再艰苦的日子,再陌生的环境,再难熬的岁月,只要心中充满阳光,就像苏轼晚年流居海南,所做的那首"参横斗转欲三更,苦雨终风也解晴。云散月明谁点缀?天容海色本澄清。空余鲁叟乘桴意,粗识轩辕奏乐声。九死南荒吾不恨,兹游奇绝冠平生"一样,处处都是美好风景。

边疆自古是建功立业的地方,矢志于此的有志之士,早已将生死置之度外。那点风沙雨雪,最多不过是空乏其身的磨炼,又怎能动摇一颗坚如磐石的心。建功立业虽然只是极少数人的事情,但人生有尝试才有可能,有无限尝试才有无限可能。大丈夫生于天地之间,游游浸淫于生平岁月,渐渐消耗了胸中的志向,蹉跎了大好的年华,若"髀肉复生",待"廉颇老矣",就只能"老大徒伤悲"了。为官避事平生耻,为人逸乐负此生。生当作人杰,就当有这份不畏艰险,勇往直前,"虽千万人吾往矣"的勇气。

雪暗天山道 冰塞交河源

天山四季有雪,炎炎夏日,冰雪白头,冽冽寒冬,大雪封山。天山道自古难行,这样的人迹罕至,即便是路,也往往难以辨识。本土之人或许熟谙旧径,远道之客常常不知路在何方。再加上风雪交加之时,四野茫茫,没有参照之处,路行百里,皆是同样风景,不由不让人心生喟叹。

出 塞

隋末唐初·虞世南

誓将绝沙漠,悠然去玉门。轻赍不遑舍,惊策骛戎轩。
凛凛边风急,萧萧征马烦。雪暗天山道,冰塞交河源。
雾烽黯无色,霜旗冻不翻。耿介倚长剑,日落风尘昏。

在一个习惯于飞机和高铁的时代,我们很难想象前往西域对于古人,是多么艰难的路程。白居易从洛阳到长安,平均需要走十天左右,如果走得从容些,要走半个月的时间。洛阳与长安不过相距几百里的路程,而长安与西域则远隔数千里之遥。1841年,林则徐被道光帝以"营务废弛",革去四品卿衔,

"从重发遣伊犁,效力赎罪。"他于道光二十二年(1842年)七月初六日从西安启程,同年十一月初九日才到达伊犁惠远城,走了四个多月。那时的西域,作为清朝版图的重要一部分内容,与内地往来已经十分频繁,交通交往已经比虞世南所在的唐代便利许多,朝廷命官尚且如此,当时的其他进疆人群的旅程注定更漫长而艰辛。出塞对于古人而言,绝对是充满挑战的行程,且不说出塞之后要完成的使命,仅是这遥远而艰险的路程,就是一个极大的心理考验。况且,零下几十度的低温、突然的沙暴天气和瞬间特大强风,很多自然条件对于当时的关内人,的确是极大的险阻。雪暗天山道,冰塞交河源,只是这遥远行程的一个缩影。

明·《丝路山水地图》(局部)

因为未知,所以神秘;因为遥远,所以畏惧。虞世南的一生是没有出过塞的,他的诗多半来自于他所掌握的边塞史料和远征之人的描述。没有目见耳闻,但也要对边塞情状了如指掌,能以一介文臣位列凌烟阁二十四功臣之一,又怎会没有洞悉世情,"足不出户而知天下事"的素养。所以他的边塞诗,才这样真实真切,写出了边塞诗人才能写出的景象。

只是世间事,如鱼饮水,冷暖自知,再翔实的史料,再生动的叙述都不如自己的感受真切。有时反而因为途听之言,而对一事产生了偏见。相较于关内,边塞会有许多恶劣的气候,但是天山的雄伟壮丽、草原的辽阔丰茂、骏马的驰骋奔腾、边民的歌舞弹唱、西域的风土民情、雪山的洁白神圣、瓜果的丰富香甜、溪流的泠冽清澈、沙漠的苍茫浩荡等等这些都是书中和传言感受不到的风景。

明·《丝路山水地图》(局部)

史书记载,虞世南容貌怯懦,弱不胜衣,但性情刚烈,直言敢谏。而虞世南的《出塞诗》却像是将军操戈,铁笔书就,初读此诗,不明就里的读者定然认为这作者不是将军便是壮士。其实,虞世南《出塞诗》的意义,不在于对环境描写的真实,而在于千百年来,面对西域环境恶劣的传言,依然有那么多有志之士和万千将士毅然决然的选择,在于他们"誓将绝沙漠,悠然去玉门"这样义无反顾的意志。更在于"雪暗天山道,冰塞交河源"的环境下,他们的坚守,"雾烽黯无色,霜旗冻不翻。耿介倚长剑,日落风尘昏。"正是这样的坚守,这样的意志,这样的众志成城,才会有了后来那个令人感动的故事。安史之乱后,唐王朝与西域之间的道路中断,失去了国家的后盾,面对四野之敌,安西都护府的将士依然高擎唐旗,死守孤城,让这里成了大唐王朝数千里之外的一块"飞地"。这一守就是五十年,满城尽白发,死不丢陌刀,直至最后一战,大将郭昕战死,满城将士全数壮烈殉难,无一人投降!

大概这就是天山之雪默默不语的表证,这就是虞世南《出塞诗》所要表达的精神。

青海长云暗雪山 孤城遥望玉门关

一滴水只有融入大海才不会干涸，一片雪只有飘落高山才会万年长存。绵绵祁连山，冰川八百里，这些千年万年的雪是历史的见证人，见证过周穆王西去的车驾，见证过丝路往来的驼铃，也见证过王师铁骑的威仪，见证过汉唐征伐的厮杀。

从军行

唐·王昌龄

青海长云暗雪山，孤城遥望玉门关。
黄沙百战穿金甲，不破楼兰终不还。

狭窄的河西走廊自古就是中原与西域往来的要道，自张骞凿空以来，异域风情与中原文化就沿着这狭窄的通道传递交汇。阳关与玉门关是通往西域的必经之地，也是重要的屯兵之所。而在雪域高原上，自松赞干布立国以来，吐蕃王朝日益强大，与唐朝的战争日益频繁，唐与吐蕃时和时战200多年。唐玄宗时，大将哥舒翰在青海湖畔筑城置神威军戍守，所以才有青海长云，才有连绵雪山。

宋·梁楷《雪景山水图》

那时候的雪域高原，比现在还要纯净。没有开发过的青海湖，比现在更加天然。那时候的边疆民族的习俗，更远古而淳朴。那时候的牦牛与羚羊，更自得而悠闲。远离故土的王昌龄看到了他此生从来没有见过的景色，在那座石头修筑的孤城之中，也感受到了在大唐长安城从来没有过的体验。

在那座孤城的城墙上，碧波荡漾一望无际的青海湖就在眼前，终年积雪绵延不绝的山峰遥遥可见，他觉得此刻他离天空很近很近。举目望去,茫茫高原,只有着一座孤零零的城池在这里毅然矗立,守卫着大唐王朝的门户。他想起了玉门关,这座举世闻名的雄关,虽然相隔千里,但此刻仿佛近在咫尺,因为看似同是孤悬塞外,但是彼此并不孤独,他们共同作为大唐王朝边防要地的有力支撑。也在那一刻,王昌龄内心升起了些许的骄傲,自己苦学经年,高中进士,虽此刻不在朝堂,不治经纶,但在这里他实现了"男儿何不带吴钩"的夙愿,一样不负于治国平天下的理想。边塞虽苦,但是君子无往而不适,面对强大的吐蕃,他立下了"黄沙百战穿金甲,不破楼兰终不还"的志向。

茫茫人海,芸芸众生,每个人都像大海中的一滴水,但是,是沉入海底的一滴水还是勇立潮头的一滴水,感受到的是生命不同的张力。在这场人生的抉择中,王昌龄和中国历代许许多多的有志之士一样,毫不犹豫地选择了后者。那时候的边塞,远比今天环境艰苦,再加以远离中原缺医少药,屯兵直抵边境,险象环生,但是再艰苦的外在都抵抗不了坚定的内心和艰苦卓绝意志。或许在看到这云天、这碧波、这雪山的那一刻起,王昌龄已经决定要化作这青海湖中的一滴水,这蓝天中的一朵云,这高山之上的一片雪,抑或是这城墙之上的一块石头。

纷纷暮雪下辕门 风掣红旗冻不翻

一直以为,西域很少降水,这是"春风不度玉门关"留给我的最深刻的印象。真正来到西域以后才发现,我以前见过的雪,都只能叫作小雪,只有西域的雪才真可以称其为大。生于荆楚,久在长安的岑参,初到西域,初次见到塞外的雪时,一定是和我一样的感触。好在这是他第二次出塞,对这雪,已经不再陌生。

白雪歌送武判官归京

唐·岑参

北风卷地白草折,胡天八月即飞雪。
忽如一夜春风来,千树万树梨花开。
散入珠帘湿罗幕,狐裘不暖锦衾薄。
将军角弓不得控,都护铁衣冷难着。
瀚海阑干百丈冰,愁云惨淡万里凝。
中军置酒饮归客,胡琴琵琶与羌笛。
纷纷暮雪下辕门,风掣红旗冻不翻。
轮台东门送君去,去时雪满天山路。
山回路转不见君,雪上空留马行处。

我常常在想,是什么样的信仰给了一介书生这么大的勇气,离开富足的乡里、繁华的长安,来到1300年前,那个交通不便,语言不通,战火纷飞,边远苦寒的西域。是什么样的魅力,让这个书生再次出塞,吟咏出壮阔磅礴、瑰丽浪漫的诗歌。没有那些义无反顾投身于边疆的人,我们将无法这么形象地理解看似柔弱的士人如何拥有一双擎天立地的肩膀,没有这样的豪情吟咏,我们将无法看到千年之前汉唐边塞雄奇壮丽的旖旎风光。

清《乾隆御笔平定西域战图十六咏并图》(局部)

真正的伟岸在于人格的崇高,真正的刚强在于意志的坚忍,真正的男人在于责任的担当。孟子说:"富贵不能淫,贫贱不能移,威武不能屈,此之谓大丈夫。"很多时候,那些身量纤弱的有志之士却成了擎天的巨柱、民族的脊梁,也成了千百年来士人的追求与仰望,成为"大丈夫"的典范。他们不会计较个人的得失,不会在乎前路的险恶,只有一腔为国为民的热忱。

出身于官僚贵族家庭的岑参是这千千万万个志士中的一个，岑参的家族可以称得上是大唐的荣耀。家中三代人做过四位皇帝的宰相：曾祖父岑文本是唐太宗时的宰相，堂伯祖父岑长倩是武则天时的宰相，堂伯父岑羲是唐中宗、唐睿宗时的宰相。祖父岑景倩，武则天时期任麟台少监、卫州刺史。父亲岑植官终仙、晋二州刺史。出身于这样一个官僚家庭，岑参很早就接受了良好的家庭教育，"五岁读书、九岁属文"，更重要的是，良好的家教氛围养成了他远大的志向、尊贵的气质和高尚的品格。岑参让我看到中国古代官僚贵族家庭的气质，虽然家道没落，但是气度犹存。这气度就是人生的使命和对国家的责任。贵族之所以为贵，不在于财富与官职，贵在担当与家国情怀，贵在学养与文化底蕴，贵在博爱与仁民体物。这让我想起了周代贵族教育体系中的"礼乐射御书数"，礼乐书数自是为了丰富学养，增长知识。而射御之术也是学习的重要内容，就是为了保家卫国，一有战事之时这些贵族子弟可以随时征战。即便是礼崩乐坏的春秋时期，当时的君主尚能对古代贵族精神有所传承。卫懿公奢侈淫乐，养鹤丧志，赐给鹤官位和俸禄饱受后世批评，但是当北方的赤狄来侵犯的时候，他却能亲率大军迎击敌人，最终战败惨死，连身上的肉都被狄人分食，只剩下肝脏，被忠臣剖腹藏于体内，不可不称为壮烈。《左传》里面被人称为妇人之仁的宋襄公，与楚国交战，尚要坚持"君子不重伤，不禽二毛。古之为军也，不以阻隘也。寡人虽亡国之余，不鼓不成列。"这样的君子之道，不再伤害已经受伤的人，不俘虏头发斑白的老人，依然坚持古人不凭借险隘的地形阻击敌人的传统。在春秋无义战的时代，虽然最终战败受伤，也受到国人嘲笑,但是他依然坚信"即便宋国是亡国者的后代(商代遗民)"也要遵循这样的贵族精神。从这一点上讲,宋襄公是有他的可贵之处的。而对于岑参,家族曾经的辉煌是加之于身的光环,振兴家族的使命是他不竭奋斗的动力,家族文化中传承的家国信仰是他矢志选择的方向。

清《乾隆御笔平定西域战图十六咏并图》(局部)

这是一腔壮志与一颗诗心的碰撞。岑参的诗让我们看到边境环境的严酷却并不觉得悲凉,因为其中饱含着热爱的温度。幸而有岑参这样的饱学之士来到边疆,在没有摄影录像留声的年代,用诗歌记录了边关岁月,"北风卷地白草折,胡天八月即飞雪""忽如一夜春风来,千树万树梨花开""瀚海阑干百丈冰""纷纷暮雪下辕门,风掣红旗冻不翻",如果不是这些诗歌,今天的我们又怎能领略了大唐边境的风采。其实千百年来,这些景色没有变过,只是从来没有人这样记录过。苏轼在《石钟山记》里感叹:"郦元之所见闻,殆与余同,而言之不详;士大夫终不肯以小舟夜泊绝壁之下,故莫能知;而渔工水师虽知而不能言。此世所以不传也。"这边塞的景色,不正是和石钟山一样吗？石钟山名称的由来始终没有人说得清楚,士大夫又不愿用小船在夜里、在悬崖绝壁的下面停泊,亲临考察;渔人和船夫,虽然知道石钟山命名的真相却不能用文字记载,以至于渐渐没有人知道它的名字的由来。而西北绝域的景色,不也是如此吗？这里壮美的风景千年不变,但是始终缺乏一个敢于勇往直前奔赴这里的人,一个才华横溢能描绘这里的人。有谁愿意背井离乡、千里迢迢踏上一片未知的土地？而这里,也始终在等待着一个人,一个有志向、有才华、有理想的人。

　　雪成了边塞的证明,也是诗人人生的见证。此雪非边塞莫有,此诗非出塞不能。也因为这雪,有了千树万树梨花开,有了瀚海阑干百丈冰,引出了狐裘、角弓、铁衣、琵琶、羌笛、轮台这些具有浓郁西域色彩的事物,也见识了在这样的边境里,角弓不得控,铁衣冷难着,暮雪下辕门,红旗冻不翻的严寒。也因为有雪,在峰回路转不见君的时候,尚有雪上空留的马蹄让人依依惜别,给一场送别增添了浓浓的诗意。

南桥昨夜风吹雪 短长亭下征尘歇

从古至今，长亭和短亭，不知道发生了多少场离别的故事。这其中的泪水，其中的辛酸，其中的无奈，其中的不舍，早已超出了史书的容量。是啊，青史之中，皇亲贵胄、达官显贵的离别尚且书写不完，寻常百姓、布衣庶黎的故事，流传下来又是多么地艰难。虽然并不确切这无数故事曲折的情节，但是，完全能够体会这千古离别的个中滋味。

醉落魄

宋·晏几道

满街斜月，垂鞭自唱阳关彻。
断尽柔肠思归切，都为人人，不许多时别。
南桥昨夜风吹雪，短长亭下征尘歇。
归时定有梅堪折。欲把离愁，细捻花枝说。

有多少边关将士，就有多少场离别，这离别来自于天南海北，却最终汇聚于塞外。有多少侵凌，就有多少次征伐，有多少次开边，就有多少次出关。这样的离别实在太多，所以江淹《别

明·吴伟《灞桥风雪图》

赋》中有整整一段，就是征人之别："或乃边郡未和，负羽从军。辽水无极，雁山参云。闺中风暖，陌上草薰。日出天而耀景，露下地而腾文，镜朱尘之照烂，袭青气之烟煴。攀桃李兮不忍别，送爱子兮沾罗裙。"有离别就有不舍和眼泪，就有相思和牵念。而征人的相思最是深重，征人多是青壮的年龄，正是人生新婚燕尔，花好月圆的时光，正是两情相悦，夫妻情浓的岁月，然而也是国家有难，壮士当行的时候。千百年来，游牧民族对农耕民族的掠扰从来就没有停止过。安于日出而作，日落而息，男耕女织田园生活的农民，为了保卫家园，不得不放下手中的锄头，来到边远的塞外之地，拿起他们并不娴熟的刀剑，"靡室靡家，玁犹之故。不遑启居,玁狁之故。"《诗经》中的这句诗透露出了对侵略者的愤恨和被迫出征的无奈。"军书十二卷,卷卷有爷名",保卫国家也是保卫家中的妻儿老小。虽然有割舍不断的儿女情长,但这是一个男人必须要扛起的责任。

十里长亭,五里短亭,好像都是为别离而设,直至近代,李叔同的《送别》也以"长亭外,古道边,芳草碧连天"开头。南桥和灞桥一样,道尽了人间离别,桥下的流水和郁孤台下的清江一样,掺杂了多少行人的眼泪。昨夜的南桥大雪纷飞,雪花在风中盘旋飞舞,就像是塞北的模样,只是比起塞北,此刻衣单不觉寒,那雪花分明透着几分浓浓的熟悉的故乡的味道和清香的、甘甜的、沁人心脾的闺中人的记忆。此刻的长亭,卸下了一身的征尘,也安放了一颗风尘仆仆的心。此刻的归人,正像一支长箭,向梦中人飞去。

天下兴亡,匹夫有责。人是恒河沙数中的一粒,是茫茫大海中的一滴,是巍巍雪山中的一片,当风暴突来,狂风怒卷,雪山崩塌之际,没有谁无故幸免,没有谁不受波及。只是那远征的人儿相信,章台的柳树,历经战火,尚且如往日青青,历经劫难的韩翃与柳氏终于破镜重圆,重折柳枝。而今戍边归来,正是雪花飞舞的时节,庭院里的梅花,也定如同往日,可折枝在手。万千的离愁别绪,只需悟言一室之内,赏梅共语。

晏几道作为太平宰相晏殊的第七个儿子,与父亲晏殊合称"二晏",被称为"宋词小令第一人"。黄庭坚曾在《<小山词>序》中列举出晏几道的"生平四大痴绝处"——"仕宦连蹇,而不能一傍贵人之门,是一痴也;论文自有体,不肯作一新进士语,此又一痴也;费资千百万,家人寒饥,而面有孺子之色,此又一痴也;人百负之而不恨,己信人,终不疑其欺己,此又一痴也"。屈原说"民生各有所乐兮",每个人都有自己喜欢的事情,人总是容易看淡自己已经拥有的东西,而追求自己内心真正想要的。作为宰相晏殊最小的儿子,晏几道少年的生活是极其优渥的,父亲为相,六个哥哥均在朝为官,两个姐夫分别为宰相富弼与礼部尚书杨察,这样的家庭,"曾经沧海难为水,除却巫山不是云",使他对功名富贵没有太多追逐的渴望,反而更乐意于自我生活的闲适,甚至苏轼求见,也以"今政事堂中半吾家旧客,亦未暇见也"为理由推托。当然顺风顺水的人生也养成了他高雅的品味、清高的品性,目无下尘的他不会去做那些他认为会丧失尊严的事情,"一傍贵人之门""摧眉折腰"是他不肯为之的事情。他不事科举,不懂理财,对人也无怨念之情,他渴望人生的纯净,向往简单而随性的生活,他用单纯的心灵去触碰艺术,去滋润诗词,他笔下的小令真挚感人,语淡情深。"未受清贫难成人,不经打击总天真",晏几道的后半生是饱受相思离别之苦的,所以对于离别的滋味,他体味得最为真切,但就像"人百负之而不恨"一样,世事的无情从来没有改变过他单纯的内心,所以他的离别和重逢,纵使纠结,却始终都没有特别清苦的味道,就像"南桥昨夜风吹雪,短长亭下征尘歇"一样,只有浪漫的期待。

燕支长寒雪作花 蛾眉憔悴没胡沙

边塞建功,从来就不只是男人的事业。中国民间一直流传着古代四大巾帼英雄的故事,花木兰、樊梨花、梁红玉、穆桂英。而被正史所记载,千百年来影响最大的一位,应该是王昭君。边塞之地自古是征战之地,"君独不见长城下,死人骸骨相撑拄",那些将士是谁?至今多已经籍籍无名,被历史的尘沙无情地埋没,令人扼腕,而王昭君以一介女流,空前绝后,家喻户晓,如今的草原上,依然"独留青冢向黄昏"。

相和歌辞

唐·李白

汉家秦地月,流影照明妃。

一上玉关道,天涯去不归。

汉月还从东海出,明妃西嫁无来日。

燕支长寒雪作花,蛾眉憔悴没胡沙。

生乏黄金枉图画,死留青冢使人嗟。

对于出塞,好男儿尚且作为一件极为壮烈的事情,而一介弱女子竟坦然应之。多少年来,《昭君怨》成了历代文人反复吟咏,乐此不疲的主题,或为昭君不平,或为昭君惋惜,或为昭君悲叹。放浪不羁、洒脱如斯的李白,尚且悲叹"蛾眉憔悴没胡沙";诗圣杜甫更是感慨"千载琵琶作胡语,分明怨恨曲中论";而王安石倒是与众不同,他的两首《明妃曲》颇受时人称赞"君不见咫尺长门闭阿娇,人生失意无南北""汉恩自浅胡恩深,人生乐在相知心",王安石的诗固然是少了几分为昭君哀叹的悲凉,但也只是把立意落在了人生何处不失意和但有知心处不必分胡汉上。

清·倪田《昭君出塞图》

昭君是伟大的,她是心甘情愿只身赴漠北,也是义无反顾迈上北上的旅程的。那些所谓的悲凉、失意、幽怨,不过是后人一厢情愿的哀叹,昭君的内心是坚定而坦然的。昭君的伟大之处,固然在于和亲之后的两国和平,更重要的是一个深宫弱女子当时毅然决然的选择,"乃请掖庭令求行"。在作出这个选择前,我相信她是经过无数次辗转反侧的考虑的,泱泱后宫万人之数,终究出了这么一个奇女子。但凡创造历史的人物,往往经过惊世骇俗的选择,当所有人都畏葸不前,避之不及的时候,她果决地走了出来,也从此迈向了中国历史的舞台,将一众脂粉乃至万千须眉远远地抛在了身后。

大汉与匈奴是战是和,是胜是负,归其根源,是国力的较量。历史从来就不存在仅凭一介女子就能保持两国和平的神话。但也并非因此,昭君出塞就失去了它的价值所在。昭君出塞的意义,在于一介女子的报国情怀及这份情怀对后世深远的影响。当时的匈奴,在汉人心中是蛮荒之地,甚至千百年后,在士人心中,仍是没有开化的地方,而昭君,只身犯险,来此绝境,代汉和亲,该有多大的勇气。史书常常会低估一个女子的意志,认为是由于画工的丑化,让王昭君抑郁难平或者认为常年居于深宫,不被宠幸,因此主动要求和亲。这其实远远消解了一个汉家女子的伟大,我相信王昭君是有着自己的志向,有着为国而献身的精神的,掖庭的逼仄,永巷的狭隘,容不下这样宏大的理想,而人生在世的意义,也总是要为乡邻为百姓为国家作出点什么,尤其是在国家需要的时候。主动和亲,成了这个弱女子最好的机会。

燕支山的雪经年不散,青冢上的草年年吐绿。昭君出塞,闯入世人脑海的,往往是这样的画面,朔风凛冽,大雪纷飞,昭君骑在白马之上,红色的貂斗落满了雪花,白狐裘的衣边不时扬起,一把琵琶紧紧握于怀中,汉节迎风凌空飘舞。身后是燕支山,山顶的积雪好像从来就没有融化过,前方是被积雪掩埋的漫漫戈壁,昭君的眼睛湿润而坚定。自古至今,王昭君从来就不是一个人,她代表了万千和她一样伟大的女性。四大巾帼英雄,虽然三位史书中都没有记载,但是她们的原型来自于历史中真实的故事。古城襄阳就有相似的故事,东晋太元三年(公元378年)二月,前秦苻坚派苻丕攻打东晋要地襄阳城。时东晋中郎将、梁州刺史朱序在此镇守,大军围攻之际,他错误地认为前秦无船,难渡汉水,轻敌疏备;而朱序的母亲韩夫人却颇懂军事。她亲自登城观察地形,巡视城防,认为应重点增强西北角一带的防御能力,并亲率家婢和城中妇女增筑一道内城。后苻丕果然向城西北角发起进攻,很快突破外城。晋军坚守新筑内城,得以击退苻丕。为纪念韩夫人的功绩,这段城墙被改名叫"夫人城",至今襄阳古城上,还矗立韩夫人的雕像,面朝汉水,战袍飘飘,英姿勃发。

我不相信王昭君的内心是哀怨的,如果有,也不是为了身世之感的辛酸,不是为了环境不适的哀伤,不是为了远离家乡的悲叹,这些都只是寻常女子会做的事情,王昭君能够伟大,之所以伟大,不仅仅是千载以来她做了其他女子不想做,不敢做,不能做的事情。还在于她很早之前就完成了内心的超越。王昭君是柔弱的,但那仅限于她的形体,而不是那颗坚定不移的心。在选择这条路的那一刻起,她已经做好了迎接一切的准备。如果有"蛾眉憔悴没胡沙"的话,这憔悴并不是为这些琐事的纠结,而是为内心深处追求与价值的疲累。常言道"巾帼不让须眉",巾帼让不让须眉,没有必要比较,男儿有男儿的志向,巾帼有巾帼的追求,中国历来不缺乏伟大的、高尚的、无私的、执着的女性,王昭君是其中的一个,但她也是万千星光中较为闪亮的一个;满天星斗,如此闪亮的明星还有很多很多。

第六章 终南望余雪

终南阴岭秀 积雪浮云端

终南山自古因修道隐逸而出名,终南山的雪,天生带有几分仙风道骨的味道。在终南山顶举目四望,有一种此山独高,"回头下望人寰处,不见长安见尘雾"的感觉。

终南望余雪

唐·祖咏

终南阴岭秀,积雪浮云端。
林表明霁色,城中增暮寒。

雪终究要消散,春迟早会来临。待到终南山上的雪开始融化的时候,尘世间的雪早已消融殆尽。终南看余雪,看的不仅是山上的雪,还有山下万事万物的变化。登高望远,不畏浮云遮望眼,是自古至今不变的真理。登终南山,不仅是因为高,更因为久居尘世,便有尘心,不妨偶然来到这山野清净处,跳出生活看生活,跳出红尘看红尘,便多了一重不一样的视角。蓦然回首,便会在如水过往中发现新的惊喜。

雪的消散意味着关于雪的故事一同成了过往。雪创造了

唐·王维《江干雪霁图卷》(局部)

那么多精彩瞬间,也留下了那么多美好回忆。此情可待成追忆,只是当时已惘然。等看到余雪的时候方能想到此前的点点滴滴。终南望余雪,望的是雪,也是曾经发生的和雪有关的故事。雪是上天的杰作,但并不易长久存留人间。世间好物不坚牢,彩云易散琉璃脆。雪似乎更加脆弱,她本是落入尘世的精灵,带着天空的灵光,娇柔到一阵春风、一片暖云、一缕阳光就能把她消解。冬的严寒让她长留人间,春的煦暖又让她回归苍穹。

可是终南山,让她既依偎着大地又连接于天空,有苍松翠柏为伴,有白云飞鸟为伍,她依依不舍离去。雪增添了终南山的灵气,这欲界仙都,离不开雪的增色;山赋予了雪的高洁,这清白之雪,离不开山的陪衬。天道轮回,冬必然要离去,这余雪成了人们对冬的最后一点怀念。这雪,也在时日不多的岁月里,完成了美的最后释放,那不叫回光返照,而是生命的涅槃。

她有了一个很好听的名字,叫作春雪。寒冬里的雪,总是密厚而冰冷,春光里的雪,虽是消融却绚烂。这时晴暖的阳光,带着人间的柳绿桃红、五彩斑斓,透过新吐嫩芽的枝丫,投映在这半未消融的残雪之上。六出的雪花在慢慢地融化,那小小的花瓣上已经沁满了更加小小的晶莹剔透的水珠,这新生的水珠,比世界上任何一双眼睛都清澈,洁白的阳光投向它,它把光析分出赤橙黄绿青蓝紫七种颜色。它不必拘泥于雪花的洁白,也不必拘泥为六角的形状,它此刻纯真透亮,映照着白云苍林,映照着松竹日月,映照着碧流蓝天,在生命的最后一刻,她获得了自由,也找回了自己本初的模样。

终南望余雪,望到了一个冬天的记忆,一种尘世外的视角和一抹迷人的风景。

余雪沾枯草 惊飙卷断蓬

司马光笔下的雪充满了历史的沧桑和凝重,一个史学大家用诗歌去书写历史题材,必然有深挚的感慨和历史兴亡之叹。落笔的每一个字,都透着深沉的咀嚼。诗中的每一件事,都蕴含着深刻的表达。包括这原本轻盈的雪。

虎牢关

宋·司马光

天险限西东,难知造化功。
路邀三晋会,势压两河雄。
余雪沾枯草,惊飙卷断蓬。
徒观争战处,今古索然空。

没有什么比睹物思人更使人回想往事,也没有什么比物是人非更让人感慨万千。从《黍离》之悲开始,人们对于历史的怀念,无不是从触物伤情开始。虎牢关对于司马光就像一把钥匙,打开了他学富五车的内心,历史的画面在脑海中翻腾,上演,浮现。刘邦与项羽的成皋之战,"大战七十,小战四十";李世民与窦建德的武牢之战,以3500人抗拒30万大军。这一幕一幕仿佛从历史搬到了眼前。乌骓的嘶鸣,将士的呼啸,刀剑的撞击,金鼓的声响同时在耳边响起,错乱的时空,纷纭的人物一一在空中呈现。司马光仿佛感受到了时间的静止,又感受到了历史的波涛。

金·武元直《赤壁图》

　　这样一处"一夫当关,万夫莫开"的天险之地,兵家必争。虎牢关的天下扬名,是造化的神功,也是历史的成全。让那么多的往事在这里发生,让那么多的后人来此凭吊。历史成为历史,在于它的不可逆转。神话成为神话,在于他的不可复制。事非经过不知难,那些创造历史的人早已消失在渺远的时空,任凭那些事后的诸葛在历史的黄卷上圈圈画画,在残存的遗迹中指指点点。这一点司马光早已看得明白,明明有万千话语,明明"掌上千秋史,胸中百万兵",而此刻,在诗中,他没有评论一字,没有发表一言。

　　一切争战最终都要熄灭战火,一切历史终究都会化作云烟。作为史学大家,此刻的司马光,是最有资格站在这里评判功过是非。可是历史是那么复杂,岂是三言两语能说得明白?

这眼前的遗址不就是最好的史书和历史最真实的见证吗？不就是当年曾有的模样吗？"余雪沾枯草，惊飙卷断蓬。"那余雪、那枯草、那惊飙、那断蓬，千百年来没有什么改变，江山不殊，而站在这里的早已不是旧时的人物。那余雪仿佛还在诉说着冬天的往事，那遗迹还能回想曾经的故事，可是冬天已经远去，往事不会重演，这不是思想的幻灭，而是历史的真实。

  站在这虎牢关上，司马光想到的是一部完整的历史，吟咏一首小诗，司马光想要传达的是一种历史的观念。这片土地曾经存在过那么多鲜活的生命，每一个生命都有属于他的故事；这片土地曾经发生过那么多大事，每一件大事都曾影响过无数的生灵；这片土地曾经有过那么多争斗，每一场争斗都有成王败寇的结局；而如今这些如烟往事，赫赫战功早已随风而去，"徒观争战处，今古索然空"。

  那沾草的余雪，是冬季的残留，这雄伟的虎牢关，是历史的遗迹。

雉子飞余雪 渔人出晚晴

山中景色,不需要太多修饰,白描就好。越是不加修辞,越能感受自然之趣,越能有"一语天然万古新,豪华落尽见真淳"的美感。

采药冬至上岘山

明·朱长春

采药至山寺,仲冬野日清。
寒光侵草色,阳气入钟声。
雉子飞余雪,渔人出晚晴。
占年望云物,未得免浮生。

一句"雉子飞余雪,渔人出晚晴"便可看出诗人此刻朴实无华的心境。入山采药,仿佛此刻自己不是一个官员,不是一个诗人而是一个耕者、一个药农。眼之所见,随口吟咏,初生的野鸡从雪中飞出,渔民趁傍晚的晴光外出打渔,这是一幅多么写实又多么具有生活场景的画面,又是多么具有趣味的山野风光。余雪未消,雉鸡已经按捺不住要出来欢呼雀跃了,雪霁天

清·任熊《采药图》

晴,渔民也要开始为生活忙碌。而朱长春脱去官服,拄上拐杖,带着药锄药篓,来到这岘山之中寻觅药材。

明代韩雍有一句诗叫作"诗酒琴棋皆适意,风花雪月总忘情"。中国古人有八件雅事,分别是琴棋书画、诗酒花茶。其实文人的雅事有很多,远远不止这八件而已,如果再加一个的话,我觉得非"医"莫属了。中国医学与中国哲学有着血脉相连的密切关系,而中国文学又向来"文史哲"不分,以哲学为桥梁,文和医也有了千丝万缕的联系。再加上中国医学无论从药名还是医术都是中国文学的重要素材,中国古代很多文人,又精通医道,诗与医的联系就更加密切了。

入山中采药,是一件极为有意思的事情。如果这采药的人本身又是诗人,那么这采药本身也变得诗情画意起来。好药需要沾带自然的灵气,凡是名贵药材,大多长在深山大泽,人烟稀少的地方,也是风景奇绝,叹为观止之处。采药本为治病救人,而采药的过程除了伴有收获的喜悦,更有对奇山异水的欣赏。所以古代文人往往乐而为之,歌而咏之。

医者父母心,诗人的心和医者的心一样,都需要真纯善美。魏晋南朝那个玄学兴盛的时代,几乎那些大诗人都有过采药并为之作诗的经历:支遁有"采药登崇阜",郭璞有"采药游名山",嵇康有"采药钟山隅",王褒有"采药名山顶",江淹有"采药好长生",萧纲有"采药访圆丘",鲍照有"采药共还山"。玄学的兴盛,游仙的流行,让这一时期的士人采药活动十分频繁,儒学控制力的减弱,让此时士人无论是行动还是思想都更加自由。魏晋南朝留下的诗歌本就不多,而这么多采药诗的出现不能不说这一活动在当时的风行。除了魏晋,采药在历代文人诗作中屡见不鲜,这其中不乏家喻户晓的知名诗人:王绩的"采药北岩阴",皎然的"采药多近峰",宋之问的"幽林采药行",张籍的"西峰采药伴",李白的"采药穷山川",杜甫的"采药吾将老""采药山北谷",徐铉的"细雨轻风采药时",苏轼的"莫忘山中采药时",陆游的"携篮采药归",范成大的"便当采药西山去",钱仲益的"采药乱云间"。见于诗词中的采药故事,不胜枚举,尤其是诗人陆游,关于采药的诗竟有几十首之多,足见采药在生活之中所占的分量和诗人内心的关注度。杜甫、王维、刘禹锡、白

清·黄慎《捧花老人图》

居易、欧阳修、苏轼、李渔等,他们不但吟咏医药,而且还精通医理为人看病疗疾。诗人刘禹锡对医药颇有研究,三十年持之以恒,遂成良医,他曾奉诏参加编撰本草和经方,还写了《传信方》这样的医学典籍。苏轼一生屡遭贬谪,每到一地,他都收集验方载于笔记杂著中。著名的《苏学士方》便是他收集的中医药方。后来人们把苏轼收集的医方、药方与沈括的《良方》合编成《苏沈良方》,至今犹存。

金庸笔下的人物常常带着中国传统士人的身影。隐居在桃花岛的黄药师身上有很多才子名士的影子,他们才华横溢,他们技艺超群,生活也如诗如画。他是武学大师,又文史功底深厚,琴、棋、书、画、医、卜、兵、阵无一不晓,无一不精。他是避世而居的高士,自然有高士的才学风范,就像《三国演义》中借诸葛亮之口而谈为将之道:"为将而不通天文,不识地理,不知奇门,不晓阴阳,不看阵图,不明兵势,是庸才也。"这固然是小说家的夸张,但至少可以看出一个像诸葛亮这样的高士所具备的全面的素质和修养。

黄药师是一个高士也是一个把生活活成诗的人。他融武功与音乐于一体,创作的《碧海潮生曲》,炉火纯青,天下独步。他在美食上的造诣,丝毫不逊于大内皇厨,黄蓉得其真传,"玉笛谁家听落梅""二十四桥明月夜""好逑汤""鸳鸯五珍烩",还未品尝,光听这些菜的名字就让人如痴如醉。而在制药上,更是名声远播,桃花岛的九花玉露丸是黄药师的独门灵丹妙药,以清晨九种花瓣上的露水调制而成,外呈朱红色,有一股沁人心脾的清香。调配这药丸要凑天时季节,极费功夫,所用药材多属珍异。光听这名字就知道制作工艺之烦琐绝对不亚于《红楼梦》中薛宝钗服用的"冷香丸"。而另一种药无常丹更是被黄药师称之为"天下伤药,只怕无出我桃花岛无常丹之右"。可以想见黄药师对医药的精通。

喜欢医药的人,大多都有一颗济世的心。北宋名相范仲淹年轻时便说过一句很有名的话"不为良相,便为良医"。悬壶济世和兼济天下在范仲淹心中有着同样的作用。朱长春是江南人,明万历十一年身中进士,在尉城、常熟、阳信三县担任过知县,后入京为刑部主事。能够自身前往山中采药,可知他对于医学的热爱。有诗文流传于世,可知他本身又是一个诗人。由于史料有限,时至今日已无法得知他在医学上的造诣。但几百年后,在另一个与他经历相同的人身上,我仿佛看到了他以及与他相似的一大批人中国古代士人的影子。这个人就是萧龙友,1897年萧龙友以拔贡生考取南学教习,被分赴山东候补,先后任济阳、嘉祥、淄川知县。1928年,萧龙友毅然弃官行医,自署为"医隐"。与施今墨、孔伯华、汪逢春并称为北京四大名医,中华人民共和国成立后萧龙友任中医研究院学术委员、名誉院长,中央文史馆馆员,对我国中医学的发展起到了重要的推动作用。历史上那些知名的士人,虽然知道他们在医药上与在诗文上一样,有很深的造诣,但是文献的只言片语让我们很难还原出这么一个真实的、血肉饱满的人物。幸而去古未远,在萧龙友的身上,我们可以看到一个士人的岐黄之术,一个士人的济世之心,也看到历代万万千千悬壶救人的士人影子。

天晴嵩山高 雪后河洛春

作为十三朝古都,今天再看这座古城时,很难想象作为国都的洛阳曾经的繁华。但是山川河流虽隔千年,依然是当年那个样子。韦应物诗中的嵩山、诗中的河洛今天我们依然如当年所见。

任洛阳丞请告一首

唐·韦应物

方凿不受圆,直木不为轮。揉材各有用,反性生苦辛。
折腰非吾事,饮水非吾贫。休告卧空馆,养病绝嚣尘。
游鱼自成族,野鸟亦有群。家园杜陵下,千岁心氤氲。
天晴嵩山高,雪后河洛春。乔木犹未芳,百草日已新。
著书复何为,当去东皋耘。

清·黄易《嵩洛访碑图》册之《嵩岳寺》及题跋(局部)

清·钱维城《国色天香图》牡丹

嵩山并不太高,但历代帝王的追封,五岳之中的地位,让其他峰峦不可仰视。放晴后的嵩山,没有了云缭雾绕,烟蒸霞蔚,反而凸显了壁立千仞的坚挺和独立天地的阳刚。河洛实在是太古老。古老到可以从远古时代的河图洛书的传说说起,古老到一谈起她,就会有人给你讲伏羲画八卦的故事。河洛之地见识过太多春暖花开,见识过太多人事代谢,见证过太多国家兴亡。她已经习惯了历史的轮回和睥睨天下的眼光。她不会刻意为一次春天的来临而盛装出席,可是正因为她的古老,正因为她的随意,她的春天简洁而生动。一句"雪后河洛春",囊括了多少不必言说的故事。她的一举一动,一颦一笑,都透着陈酿的香醇,历史的风韵。

她的美清丽脱俗,不染纤尘,洛神是她的倩影;她的美雍容华贵,让世人惊叹,牡丹是她的化身。一场雪洗过的河洛,才真正称之为冰肌玉骨。她悄无声息地穿上青衣,淡扫蛾眉,静静等待春天的来临。河洛的春天不喜欢杂花生树的纷杂,不喜欢群莺乱啼的喧吵,她更喜欢腹有诗书气自华的安静和一笑倾人城的惊艳。不知道何时,龙门的柳树吐出了新芽,也不知何时,关林的土地长出了嫩草,更不知何时白马寺的石阶惹上了青苔。但是王城公园一夜花开天下知,"花开时节动京城",五湖四海的滚滚人流纷至沓来,齐聚洛阳城,纷纷慕名来看牡丹。她也只是微微一笑,她早已经习惯这种众星捧月的光环,也只是这一笑,让多少人欲罢不能,流连忘返。

冰雪退却,方是她一现真容的时候,有雪的洛阳城很美,是略施粉黛的美,是古色古香的美,是披着狐裘鹤氅的杨妃式的美。冰雪消融之后的洛阳城显得更加清秀,是清水出芙蓉的天真美,是洗尽铅华后的自然美。那丽景门下的碧流,是冰雪酝酿的甘醴;那明堂映射的朝霞,是她微醺脸颊的红晕;那如火如荼的牡丹,是她春天吉服上炫目的刺绣。她轻挥衣袖,一夜满城花开;她慢启朱唇,霎时落英缤纷。她无声地宣告,年年岁岁,岁岁年年,古老的河洛又一次迎来了她的春天。

山通佳气犹明雪 江泛柔波已漾春

余雪和落花虽然都代表着一个时节的落幕,但二者给人的感觉不同,落花给人的感觉是伤感和悲凉,余雪给人的感觉是春意和欢欣。落花是生命的消逝,自此以后春已尽。余雪是新生的开始,自此以后万物生。

正月初二日同杨叔娇登楼望余雪

清·张之洞

自丑银幡白发人,晴光喜见照城闉。
山通佳气犹明雪,江泛柔波已漾春。
冠佩渐劳知老至,羽书方急愧年新。
悯牛谁诵河东赋,清啸南楼恐不伦。

中国传统节日总能很明显体现出古人对于天气的敏感和体察入微。春节作为一年的开始,尚觉十分严寒,而春意却在这寒冷中悄然滋生,过不了几日,不出十五,便能明显地感觉到和风煦暖。正月初二日的张之洞登楼远望,远处的山上虽然白雪明亮,而近处江水的柔波里已经春光荡漾。晴光喜照,山河同春,佳气笼罩着的远山冰雪正在消融;和风拂掠过的江面,春潮阵阵。

北宋神宗熙宁五年,也就是1072年,著名画家郭熙画了两幅传世名画,一幅是《关山春雪图》,另一幅是《早春图》。《关山春雪图》描绘了深山春雪之后,雪山嵯峨,峰峦峻厚,溪水潺潺,屋舍俨然的静谧。而《早春图》则描绘了瑞雪消融,云蒸霞蔚,大地复苏,草木萌发的早春景象。而此时张之洞所看到的雪,是介于这两幅画之间的时节,故而

明·钟礼《寒岩积雪图》

兼有两幅画的景致。诗歌虽然已经给人以无限的遐想,名画则能给人以更真切的观感。宋神宗赵顼深爱郭熙的画作,曾"一殿专皆熙作"。两幅画作成的那一年,正是宋神宗大力扶植王安石变法的时候,画作之中充斥着变革时代的激动和对复兴国家的无限期盼。张之洞作为清代中兴四大名臣之一,作为洋务

运动的重要领导者,一生致力于师夷长技,致力于实业救国,致力于兴办教育,看到这山河的早春,是否也在这春光里看到了大清王朝的希冀?

三年前的初春,我来到武汉踏春,在辛亥革命武昌起义纪念馆,看到了张之洞亲笔写的一副奖掖后学的对联"才夺江郎五色笔,身披李侯一品衣",下笔温润而雄健。他总是带着这春意盎然的温和,润物无声的滋润着为官一任的土地。在湖广总督任上,对于奖励后进,张之洞是唯才是举的,对于文化事业,张之洞是不遗余力的。对中国的近代史的发展有过积极的推动,对武汉工业发展和思想启蒙作出过突出贡献,也间接促进了辛亥革命在这里的萌生。

登楼那一年,已经是张之洞的晚年岁月,"冠佩渐劳知老至"。无论历史功过,一代人有一代人的使命,在那个饱受欺凌的岁月,这位苍髯皓首的老者登楼独望,余雪正在消散,春天已将来临,内心是否有些许的欣慰。岁月不语,唯诗能言。或许在不经意的字里行间,已经找到了答案。

湖添水色消残雪 江送潮头涌漫波

十二年前的早春,乘着南下的绿皮火车去西湖。第一次到达杭州,第一眼望见西湖,便深深喜欢到不可自拔。此后经年,只要能抽得出身来,便总要在春季去一趟。始终记得对西湖的一见钟情,是在岳王庙前的石岸上,冬雪初消的西湖,涨着春波,晴光潋滟,上面飘着满满的零落的花瓣。春水的柔媚,春波的多情,让人一下子被江南的温情击中,从此欲罢不能。

和乐天早春见寄

唐·元稹

雨香云澹觉微和,谁送春声入棹歌。
萱近北堂穿土早,柳偏东面受风多。
湖添水色消残雪,江送潮头涌漫波。
同受新年不同赏,无由缩地欲如何。

我拍过很多江南的照片,尤其是西湖,却没有几张让自己称心满意。除了自己拙劣的摄影技术,最主要的是,打骨子里认为,西湖的美是拍摄不出来的,任何以摄影形式体现出的西湖,都只能是西湖的形而不是西湖的神。"四体妍媸,本无关于妙处,传神写照,正在阿堵中"顾恺之一语中的。西湖骨子里的柔媚,西湖一草一木中的江南韵味,西湖的传神写照,要身临其境方能感受得到,也要有与之相匹配的鉴赏能力才能真正欣赏得来。

"湖添水色消残雪",这诗不知所从何来却特别适用于西湖,积雪消融之后的西湖,增多的不仅仅是水量,更多的是"水色"。雪水的纯净让西湖更加晶莹,更加清澈;雪水的清凉,让西湖更加冷艳,更加清丽脱俗。连水波也揉进了雪的色泽。春潮只此一次,春水只此一回,雪水消融后的西湖一年只此一面。

张若虚的《春江花月夜》以孤篇压倒全唐,除了高超的表达技巧和深刻的思想哲理外,我觉得最重要的还是他描写的春江。"春江潮水连海平,海上

现代·张大千《雪江归棹图》

明月共潮生。潋滟随波千万里,何处春江无月明",这春潮因冰雪而生,这春波因冰雪而明,这春江触动了诗人内心万千的感慨,一颗解冻的诗心就像这解冻的春江一样,文思滚滚而来。在这大江涌动之中,残雪已经悄无声息地融进诗人的歌唱。

　　就像去往任何一个风景名胜,总会有报刊亭里的明信片可以邮递给朋友一样。好的风景是需要共享的。元稹也是如此,只是那个年代没有摄影可以纪录风景,那么就用这一首诗来描绘吧。有一种真挚的友情叫做"元白"。有一种的感动,叫作千里送诗来。这诗歌在不久的将来,翻过崇山峻岭,度过万千江河,最终送到白居易手中,相信收到此诗的乐天,迎面而来的是一阵暖暖的春风,内心的欣喜一定和看到这里的美景相同吧!

余雪依林成玉树 残霓点岫即瑶岑

不得不说,上官婉儿是中国历史上少有的才女,这一点倒不仅仅是政治上的才华,还在于诗文上的成就及对文化作出的贡献。上官婉儿因为才华而被武则天赏识重用从而改变了内廷为奴的身份,封为"内舍人",掌管宫中制诰,人称"巾帼宰相"。也因为这样的身份,扩大了她诗歌创作的影响力,也让她更有机会和能力充分为文化事业作出贡献。

游长宁公主流杯池

唐·上官婉儿

凭高瞰险足怡心,菌阁桃源不暇寻。

余雪依林成玉树,残霓点岫即瑶岑。

一个真正的贵族,即便身处低谷,也不会放弃对高尚的坚持和追求。上官婉儿完美地诠释了那些门阀时代数百年来名门望族的良好传统。唐高宗麟德元年,也就是公元664年,上官婉儿的祖父宰相上官仪因替唐高宗起草废黜武则天的诏书,武则天指使亲信许敬宗,诬陷上官仪勾结废太子李忠,图谋叛逆,上官仪及其子周王府属上官庭芝被杀。尚在襁褓中的上官婉儿与母亲郑氏同被没入掖庭，充为官婢。这本应是一件尘埃落定的事情，任是谁，在此情此境，也只能被命运之石死死压住，不能翻起任何波澜。可是总有一些坚强的人物，纵使身处尘埃，依然保持刚强的意志和内心不屈的坚守，使命运在危难处出现转机，上官婉儿的母亲便是其中的一个。

上官婉儿的母亲出身于荥阳郑氏，是唐代"五姓七宗"之一，是最为尊贵的世家大族。在古代，官员家眷一旦充入官奴，意味着永世不得翻身，更何况一同入宫的还有一个刚刚出生的女儿，在封建王朝时代，几乎没有任何改变处境的机会。但这没有改变一个贵族家庭弱女子的信念，卑贱的处境没有让这个士族家的女儿自甘堕落，这是一个十分伟大的母亲，虽然她连

当代·胡也佛《仕女图》

名字都没有留下，在掖庭为奴期间，郑氏倾其所能，悉心培养女儿上官婉儿，或许只为留下一丝希冀，或许只是士族家庭自古以来的教育习惯，只为不坠门楣家风。但不管如何，上官婉儿勤敏好学，在母亲的培育下，熟读诗书，明达吏事。

有时候我常常会被历史中的一些细节而感动，我几乎可以想象这是在怎样的粗饭砺食，苦役劳辛过程中的坚持。一边劳碌于繁杂的婢工，一边研习文章与诗词；一边承受着卑贱的身份，一边接受着贵族的教习。毓质名门，侯门绣户，贬身为婢，颇有些"西子负薪"的味道。但宝剑锋从磨砺出，梅花香自苦寒来，"灵珠在泥沙，光景不可昏"，上官婉儿很快便才华出众，锥在囊中，迟早要露出锋芒。《红楼梦》中，贾政在《上贵妃启》中写道："臣，草莽寒门，鸠群鸦属之中，岂意得征凤鸾之瑞。今贵人上锡天恩，下昭祖德，此皆山川日月之精奇，祖宗之远德钟于一人，幸及政夫妇。"这话对于权势熏天的贾家说来未免太过谦虚，回归千年之前用在此时的上官婉儿身上，则再合适不过了。

武则天听说了她的才华，此时的武则天早已从当年的武皇后成了大周的皇帝，她纡尊降贵，亲自考验。《景龙文馆记》记载：（婉儿）年十四，聪达敏识，才华无比。天后闻而试之，援笔立成，皆如宿构。上官婉儿下笔成章，文意畅达，就好像经过长时间构思酝酿好的一样。武则天看后大悦，当即下令免其奴婢身份，让其掌管宫中诏命，从此开启了她与武则天27年的相处生涯。

武则天破除了门户之见，她没有因为上官婉儿是罪臣家的女儿而弃才不用，反而因为在这逆境之中而能如此出类拔萃更让她刮目相看。武则天的母亲也是出身名门，挚爱读书，四十四岁才肯出嫁却甘心为武则天的父亲做填房。在这样一个极为热爱读书而又性格执拗的奇女子母亲的教育下,武则天5岁能文,9岁能写诗,12岁就能引经据典讲故事。看到上官婉儿,武则天可能想到了年轻的自己;看到郑氏,武则天可能想起了自己的母亲。再加上自己当年诛杀宰相上官仪父子,内心深处还有那么一丝的愧疚。一代女皇的用人不疑,充分表现了其政治的成熟和胸怀的博大,而上官婉儿感恩之情和倾心相随,也彰显了为其折服的武则天独有的人格魅力和帝王气质。历史是多重的巧合也是时事的必然,但上官婉儿的优秀是一切的前提,而这一切源自于她伟大的母亲,她让人们再一次认识到从东汉以来到唐代,门阀政治经久不衰的原因。也让人认识到,古代真正的贵族家庭的尊贵在于对文化的重视和承传。

上官婉儿的童年教育得益于她的母亲,但是教育的内容有很多一定来自于她祖父及父亲的著述。她的诗歌风格与她的祖父上官仪的诗风十分地接近。《旧唐书》说上官仪的诗歌"绮错婉媚",十分重视修辞和技巧,当时效法的人很多,都称为"上官体"。其中的佳作如"落叶飘蝉影,平流写雁行""鹊飞山月曙,蝉噪野风秋",时至今日,依然能让人感觉到文辞的美感。而上官婉儿的诗歌,充分发挥了"上官体"的优长,再加上作为女性,上官婉儿的诗更有几分清丽和婉媚。"余雪依林成玉树,残霰点岫即瑶岑",不就是很好的证明吗?五绝本不强制要求对仗,但是这句诗的对仗十分的稳妥,"余雪"与"残霰""依林"与"点岫""成玉树"与"即瑶岑",可以说对得滴水不漏。在用词上"霰"是古语里面的雪,但又有特指,是雨夹雪粒子,这样的用词将雪的形态表述得更加精准。而"瑶岑"就是积雪的山,但用词比雪山听起来,看起来都更为典雅。这一词一句之间,暗含了对诗歌声辞之美不动声色的讲究。

由于出众的才华,上官婉儿不仅深受武则天宠幸,也深得中宗及韦后信任,神龙元年,即公元705年,唐中宗复位以后,令上官婉儿专掌起草诏令。在文学上,上官婉儿的诗歌,在当时颇受好评,因其诗句优美,常常被人传唱。著名学者谢无量写道:"婉儿承其祖,与诸学士争务华藻,沈、宋应制之作多经婉儿评定,当时以此相慕,遂成风俗,故

现代·黄均《仕女图》

律诗之成,上官祖孙功尤多也。"唐中宗时,大臣所作之诗,常常由她进行评定。在上官婉儿的诗风和品评标准影响下,朝廷内外,吟诗作赋,靡然成风,并对律诗的形成产生了重要的影响。上官婉儿也十分注重为国家推举英才,《景龙文馆记》里记载

"至幽求英俊,郁兴辞藻,国有好文之士,朝无不学之臣,二十年间,野无遗逸,此其力也。"因为她诗歌的成就和巨大的影响,开元初年,唐玄宗李隆基专门派人将上官婉儿的诗作收集起来,编成文集二十卷,并让当时的宰相张说为之作序。如今这本书早已失传,但在《全唐诗》中,仍收录她的遗诗三十二首。

崔瑞德在《剑桥中国隋唐史》里写过这么一段话:"(上官婉儿)凭借真正的本事,升到了类似武后私人秘书的地位。由于她的经验和才智,她被推荐给新主子,名义上被册封为昭容,不过她的作用是顾问和秘书性质的。"根据《旧唐书》职官志的记载,起草诏令者不是当朝重臣便是一代文宗。其中就有魏征、岑文本、褚遂良、许敬宗、范履冰、苏味道,这些人,放置今日依旧是如雷贯耳的人物。而上官婉儿以一介女流独担此任,可见其才能之卓著,学识之渊博。

学富五车定然爱书惜书,也必然藏书万卷。唐代诗人吕温在《上官昭容书楼歌》写道"君不见洛阳南市卖书肆,有人买得研神记。纸上香多蠹不成,昭容题处犹分明。"昭容便是上官婉儿,与她的诗歌一样,对于藏书这件雅事,她把女性对于精致的要求发挥到了极致。上官婉儿酷爱藏书,凡是她所藏之书均以香薰之。这些书甚至在百年之后流落民间之时,尚且芳香扑鼻且无虫蛀。这份精致或许只有那些特别浪漫雅致的女诗人女作家才配拥有。无独有偶,据说香港著名女作家林燕妮写稿有个习惯,每次动笔之前,在稿纸上喷上香水,然后再慢悠悠构筑才思。连编辑都说收到她的稿件是香的,大概精致到骨子里就是如此吧。

西山物候仍余雪 南国芳菲更有春

南国的春向来比北方的早,而京城地处幽燕,更为偏北,故而春天姗姗来迟。当江南杂花生树,群莺乱飞的时候,京畿之地尚积雪犹存,残冰未消。

天宁寺同章景南李于鳞王元美
饯别李伯承还宰新喻得春字

明·谢榛

野寺门前杨柳新,一樽同此驻征轮。
西山物候仍余雪,南国芳菲更有春。
楚梓正逢归塞雁,淮云遥送渡江人。
他时陶令应相忆,不待秋霜下绿蘋。

袁宏道在《满井游记》里写道:燕地寒,花朝节后,余寒犹厉。生于南方的人,能很明显察觉到北方气候的不同。在各个时令上,与南方相比,都要稍稍推迟。南国的芳菲总是让人心动,是啊,没有花的春天简直不敢想象,没有花的江南定会黯然失色。花是春的点缀,也是春天之所以为春,很明显区分于其他季节的最明显的特色。为纪念这万紫千红,为纪念这百花竞艳,古人创立了"花朝节"。

曾经,花朝节是汉民族十分重要传统节日,汉民族对花的热爱历史悠久,早在春秋时期就已经有种花养花的记载,早在1500年前的晋代,花朝节就已经在民间承传开来,四海流播,广为庆祝。花朝节是百花生日,但由于花开时间不同,百花的生日也南北有别,南方的"花朝节"一般是农历二月十二,而北方的"花朝节"则是农历二月十五。只是秦岭淮河不过是南北的一条界线,南有江南、湖南、岭南,北有淮北、河北、塞北,地域不同,百花竞放的时间必然各不相同,若江南江北相隔三天或许可能,岭南塞北只怕一个月也不止。所以花朝虽有日,却也处处待花开,时时庆花朝。

清·弘仁《西岩松雪图》

自古以来,中国就是诗歌的国度,论浪漫,我从来不觉得有谁能与东方相媲美,能与中国同高低。毕竟文雅了几千年,对于优雅,对于浪漫,对于诗性,早已深入骨髓。世界上像中国这样为花定出节日,举国同欢的民族是不多的。百花生日,听起来更像是女子的节日,男人说起来,总觉得有些别扭。在我们一般人的眼光里,花似乎是华而不实的代表,又似乎是弱不禁风的代名词。我想,我们一定是误会她了,灼灼其华是硕果累累的开始,而真正的刚强是藏在骨子里的坚不可摧。花之美,固然在于色泽体态,娇柔沁香,但在士人的眼中,最重要的还在于花的品格习性。

花虽不语,内中自有乾坤。一花一世界,一木一浮生。花虽小,却有折射宇宙的能量,更有映射内心的能力。你能在花里读出柔弱,也能在花里看到坚强。花里,藏着你的世界人生。你能看花流泪,亦能因花自强,就像少林寺武功"拈花指"一般,看透悟透,即便一朵小花,一片树叶,也能拥有无穷的能量。花是有本心的,花的心性与人相通。花有万紫千红,花的心性也各不相同。就像常常品评人物一样,古人常常会因为这些不同,给花划分不同的品类,进行不同的品评。还常常根据花的特性,让她们匹配不同的人物。《红楼梦》里的"占花名"不就是这样吗?第六十三回宝玉生日,众人在大观园中玩起了"占花名"的游戏,宝钗抽到了牡丹,黛玉抽到了芙蓉,探春抽到了杏花,李纨抽到了梅花,湘云抽到了海棠,麝月抽中了荼蘼。这些人的身上不都有这些花朵的影子吗?扬州城里至今流传着"四相簪花"的故事,韩琦、王珪、王安石、陈升之四人饮酒赏花时簪了衙署的芍药,三十年内,四人分别担任宰相,而芍药本身就有

"花相"的称谓。这当然只是传于民间被沈括收录在《梦溪笔谈·补笔谈》里的趣闻,虽然未必可考,来自于偶然,但这个故事至少说明了两点,在北宋那个时代,簪花并不是女性的特权,市井小民、王公巨卿都是簪花的。还有就是四人能先后担任宰相与簪了芍药之间属于巧合,但芍药作为"花相"则是世人的品评和公认。

花自有品格,花品如人品。陶渊明在花里看到了隐逸,周敦颐在花中读出了清廉。《事物纪原》里牡丹花不畏强权被贬谪洛阳的故事至今流传,蒋大为

现代·张大千《芍药图》

《牡丹》歌曲的歌词里,藏着牡丹的祖先几千年来从大巴深山的不为人知到天子上林苑受万人仰望的传奇故事。中国人喜欢用植物的品性代表人的品格,人们在花的品格里,也往往看到了自己的身影。中国人的神仙系统,很大一部分是由凡人升华而成,甚至还能找到历史原型,花神也不例外。相传,花神是北魏夫人的一个女弟子,因为十分擅长种花养花,故被人们称为"花神"。所以花朝节祭奠花神,也是祭奠那些卓越不凡被人们纪念而封神的人物,祭奠那些展现在他们身上的,足以让后人钦佩的不凡品格。

每到春天来临的时候,南国的芳菲总让人浮想联翩。而此刻眼前,西山虽仍有余雪,但到底大地春回,一草一木中都是春的气息。更何况此时的谢榛是和同为"后七子"的文坛盟主李攀龙、大诗人王世贞一同外出春游,在诗人的眼中,纵有一点春意,也能幻化出万千春色。而诗人的雅聚,也为西山增加了不少融融春光,倒比是否看到了景色更有意趣。不过凭着对春天的嗅觉,我们还是闻到了"野寺门前杨柳新""西山物候仍余雪"所传递的京郊初春景色,或许是因为饯别,诗人没有留下太多的关于景色的文字,或许因为七律本身的容量有限,装不下京郊美丽的春天,诗人只能在只言片语中剪裁一缕春光。同样的朝代,同样的地域,同样的季节,同样的诗心,同样的携友出行,相信大明文坛数百年中的风流人物"后七子"之一的谢榛和"公安三袁"之一的袁宏道,看到的是一样的景色:"天稍和,偕数友出东直,至满井。高柳夹堤,土膏微润,一望空阔,若脱笼之鹄。于时冰皮始解,波色乍明,鳞浪层层,清澈见底,晶晶然如镜之新开而冷光之乍出于匣也。山峦为晴雪所洗,娟然如拭,鲜妍明媚,如倩女之靧面而髻鬟之始掠也。柳条将舒未舒,柔梢披风,麦田浅鬣寸许。游人虽未盛,泉而茗者,罍而歌者,红装而蹇者,亦时时有。风力虽尚劲,然徒步则汗出浃背。凡曝沙之鸟,呷浪之鳞,悠然自得,毛羽鳞鬣之间皆有喜气。始知郊田之外未始无春,而城居者未之知也。"

江外群山如画图 轻烟残雪入荆吴

驾一叶扁舟,沿着长江顺流而下,应该是一件极为快意的事情。从巴蜀到荆楚还有激流险滩,从荆楚到吴越则是江流浩荡,畅通无阻。这一路都是随波逐流的飘荡,不需用帆,也能一日千里。滚滚的江水,巍巍的青山,大浪淘沙的水岸,白发渔樵的江渚,星星点点的白鹭,烟霞蒸腾的清晨,满天星河的夜晚:这是一趟充满诗意的行程。

翠钟亭二首

宋·刘敞

江外群山如画图,轻烟残雪入荆吴。
东风醉问春多少,远郭垂杨十万株。

残雪消融,正是长江涨满春潮,水足流急的时候。春江水暖,鳞跃凫游,春风浩荡,吹面不寒。在这春江之上,再多的烦忧也能冰释,再难解的心事也会烟消云散。虽然还有残雪,但已经有了"烟花三月下扬州"的春意,一篙风快,千里快哉风,不知不觉"轻舟已过万重山",外有千钧重,心似一羽轻。

宋·王希孟《千里江山图》（局部）

  顺江而下的快意远不止行舟本身。那岸边的景色，最是让人畅快，群山巍峨，可转瞬间就已掠过，好在江山之大，处处都有名山，江水两岸，一路皆是风景。"江外群山如画图"这图不是别的，正是大宋的千里江山。这江山若何？我脑海中不禁浮现出了北宋天才画家王希孟的《千里江山图》，这幅珍藏于故宫博物院的镇馆之宝，一百年来只展出过四次。那画中的崇山峻岭、水榭亭台、茅庵草舍不也正是这行舟之中所看到的风景吗？行舟如同展卷，两岸风景如同画作，移步换景，只见丘陵连绵，山河大美，蔚为壮观。

  古人的山水有更多清气、更多静美在里面。山野还很天然，高楼还不密集，当年吴均沿着富春江乘流而下，从流飘荡，任意东西，尚能感到"奇山异水，天下独绝"。如今刘敞沿长江而下，自然风光多半相同，但所能感受到的大江开阔，吞吐气象，又绝非富春江所能比拟。虽然依旧是满山满野的洁白，残雪点缀的荆吴,春光早已万千,大地回暖,残雪滋润着泥土,阳光和煦,轻烟从江面、从林间慢慢升腾。一切都是新生的味道,处处都在迎接新春的脚步。

宋·王希孟《千里江山图》(局部)

　　告别残雪,需要东风的亲自到来。作别冬日,需要杨柳的依依话别。东风从海上生起,从江南走来,顺着长江,饮流而上。一杯春露,犹带着雪的甘洌与清凉,让这东风不禁沉醉。袅袅云烟,散入东风长长的裙裾,让这春江烟云升腾。岸边的杨柳做好了迎接的准备,十万枝株,一夜苏醒。百花收到来信,知道即将迎来绽放的时光,雪花收好行囊,决定来一场短暂的告别。

残雪离披山韫玉 新阳杳霭草含烟

在钟山之上,金陵城尽收眼底,不仅金陵,不畏浮云遮望眼,"一望江南万里天",整个江南,城池山河,尽收目下,皆在眼前。而再回头,看看来时的路,所攀所登之处的欢愉辛劳,历历在目。王国维所说"独上高楼,望尽天涯路",大概便是此刻的境界。残雪已经不成风景,但这并未影响攀登之人的心情,新春阳光的照射之下,春草正要欣欣向荣。

同长安君钟山望

宋·王安石

解装相值得留连,一望江南万里天。
残雪离披山韫玉,新阳杳霭草含烟。
馀生不足偿多病,乐事应须委少年。
惟有爱诗心未已,东归与续棣华篇。

读王安石的诗,从来就没有衰颓之气,更没有忧戚之感;读王安石的诗,也从来不觉得陈陈相因,落古人窠臼。反而时时处处,都充满着昂扬向上的精神和顽强不屈的品性,处处有惊

明·蓝瑛《溪山雪霁图》

人之语、不同流俗之句,让人眼前一亮、耳目一新。"残雪离披",雪本将消融殆尽,又衰残凋敝,本是一片衰败景象,即便作为风景也并无多少观感。可是作为观赏者的王安石却并未因此而叹惋,一句"山韫玉"瞬间将这点颓唐的色彩一扫而光。雪虽然少了,但是山却露了出来,而此山为韫玉之山,自带灵气,不是一般寻常山峦所能比拟。虽然少了雪景,但是那新草却在云雾飘渺之中承受春日阳光的德泽普照。

见残雪而能写得如此积极乐观,看春景而不触景伤情。王安石向来如此达观、豁达、自信、昂扬、向上、严肃、刚强。他并不在意于外在的干扰,始终保持着内心的笃定。不管外面的景色如何,他是带着一颗春心登山的,眼中景物无不披上了一层春意。而他的眼中也总是会发觉到那些积极阳光的事物。无论是残雪还是暮霭，他都能写出蓬勃的生气。即便是衰老、疾患，也没有让他消沉，"馀生不足偿多病，乐事应须委少年"，他没有像杜甫那样"官应老病休"的哀叹，也没有像韩愈那般"肯将衰朽惜残年"的愤愤不平；生老病死皆为人之常态，他用深邃的智慧洞穿人生，用豁达的心胸看待衰老。况且"江山代有才人出""长江后浪推前浪"，纵使"馀生不足偿多病"，还好英才代出，后继有人，"乐事应须委少年"。如此生生不息者才是真正的久长，不必为一己之衰老而自怨自叹。

　　王安石从不喜欢人云亦云，但也不是刻意求新。他不是为创新而创新，只是见解独到，心中所想就在诗中阐发出来，如此而已。他应该算是一个真正知行合一的人，他认可的事情，就一定坚持到底，所以，他特立独行，完全不在意别人的看法，只根据自己的认知和判断。在游褒禅山时，他已阐明了两个观点，一个是防止人云亦云，他对于"华山洞"名字的由来进行了辨析，以此来指责那些以讹传讹的人，并语重心长地告诫做学问的人不可以不"深思而慎取之"。一个是防止随波逐流，由于自己登山时盲目随众从众，最终"不得极夫游之乐也"，而要到那些"奇伟诡怪，非常之观"的地方，必须要有自己坚定不移的志向。在对生活中很多类似事情的审视中，王安石开始不断坚信、坚定、坚持、坚守自己的认知，不断养成自己不受旁人、古人干扰的独立思考能力。他的见解常常独出机杼，耳目一新。在谈到贾谊时，历来之人都在哀叹贾谊遭遇的不幸，唯独王安石在《贾生》中写道"一时谋议略施行，谁道君王薄贾生。爵位自高言尽废，古来何啻万公卿。"认为贾谊是幸运的，他的政治主张被施行,这远远比封侯赐爵贵重。在谈论王昭君时,前人都在表达对画师毛延寿的憎恨,对昭君远嫁的惋惜,唯独王安石写道"意态由来画不成,当年枉杀毛延寿"为毛延寿辩诬,并认为只要有知心人,昭君出嫁没什么不好,"汉恩自浅胡恩深,人生乐在相知心"。而且人生的得意失意与去哪里无关,"君不见咫尺长门闭阿娇,人生失意无南北",那幽居冷宫的陈皇后阿娇不就是明证吗?在谈论战国四公子之一的孟尝君时,历来之人都称赞孟尝君礼贤下士的贤德,唯独王安石在《读孟尝君》里面予以反驳:"世皆称孟尝君能得士,士以故归之,而卒赖其力,以脱于虎豹之秦。嗟乎!孟尝君特鸡鸣狗盗之雄耳,岂足以言得士?不然,擅齐之强,得一士焉,宜可以南面而制秦,尚何取鸡鸣狗盗之力哉?夫鸡鸣狗盗之出其门,此士之所以不至也。"认为正是由于孟尝君所得之士皆为鸡鸣狗盗之徒,所以才让真正的士不肯前来,也最终导致齐国的灭亡。出奇之论,可谓是石破天惊。今天读来,仍觉得这些一千年前的议论发人深思。

作为唐宋八大家之一的王安石说自己"惟有爱诗心未已",这话正是他一生诗歌创作的反映。在担任宰相前,满朝文武都视王安石为"奇士",他学富五车,淡薄寡欲,对功名利禄毫不上心,朝廷屡次重用他,他均一一拒绝。他几乎没有兴趣爱好,对于生活他将欲求降到了最低,几乎达到了"无待""无求"的境地,唯独对于诗歌,他几十年爱之如初。他前半生的诗歌多议论,多新奇。晚年退居金陵之后,幽居半山园,写作的诗歌在艺术上越来越讲究炼字、对仗,意境优美含蓄,其中的佳作,直逼唐人的最高水平,如《北山》中的"细数落花因坐久,缓寻芳草得归迟。"《泊船瓜洲》中的"春风又绿江南岸,明月何时照我还。"

《北陂杏花》中的"纵被东风吹作雪,绝胜南陌碾成尘。"都是"雅丽清绝",出尘脱俗,被后世之人极为称颂,称这种诗为"半山体"。

王安石是乐观的,他的乐观源于他的世事洞达,源于他的居高看远。我一直觉得当年在飞来峰上写出"不畏浮云遮望眼,只缘身在最高层"的王安石和站在终南山顶"望余雪"的人,是同一个人。因为他们的生命达到了同样的、让人不可仰望的高度。

后记:行到《沐雪》尽,待看《玄云》起

这本书是用58天的时间写完的。从2019年12月22日到2020年2月17日,动笔之时,大雪初晴,封笔当夜,雪花飘飞。决定写这本书的时候,我正在从上海飞往乌鲁木齐的航班上,登机时上海蒙蒙细雨,落地后乌鲁木齐漫天飞雪,相隔3000多公里,5个小时的航程,足以让人想很多东西。一旦出差,就更显匆忙,19日在北京开会,20日在上海调研,21日回乌鲁木齐全国统考,短短三天时间,在祖国广袤的版图上走了一个大大的三角。而大部分不出差的日子,每天处理上百份文件,接听几百个电话和完成几十件待办事项。2019年全年没休假期和周末,365天除了偶尔出差,其他在单位的日子都在加班,留给自己的空闲时间确实不多。不知不觉又是一年将逝,望着机窗外掠过的云朵,不禁感觉时光易逝,岁月如梭,时间从指缝中悄然流过,而在写作上自己好像已经荒废良久,于是决定,重新规划一下时间,在工作之余,静下心来写点什么。

30岁,确实是一个老大不小的年龄,生日那天我专程去古装影楼拍了一组摄影,希望作为这一刻的纪念。30岁,也越发感觉到时间的宝贵,更用心地工作,更关注于家庭,也更精心地

培养自己的兴趣。还好,对于写作,这么多年虽然作品不多,但一直在坚持。我是一个想法很多但疏于动笔的人。记得上大学时,校报编辑召开创作研讨会,当时我的即兴发言被主编看重,当即决定那一期专门为我做一个专栏。可是我的疏懒辜负了主编的期望,大学四年,我总共在校报上发表了3篇文章,其中就包括那次研讨会后专栏刊登的那篇。大学时代,有幸担任了学校《红楼梦》学会的副会长,也连续两年出演话剧中的贾宝玉,可是四年来只写了一篇关于《红楼梦》的文章,今天想来,这样的懒于动笔的确"令人发指"。毕业后先后成了县、市、省三级作家协会的会员,并加入了中国散文学会,还担任了老家作家协会的秘书长。身边忽然间都是作家朋友,尤其是看到那些卓有成就的大师和前辈,仍在孜孜不倦地写作,内心的确感觉惭愧,决定一改前非。

我自知是一个没有耐心的人,做一件事情一旦时间久了,就很容易产生懈怠的心理,又有点三分钟热度,为了防止拖得太久,热情消减,就只能选择速战速决。21日一整天的考试,高度紧张的6个小时,出考场后几乎不辨东西。择日不如撞日,22日冬至,是一个不容错过的日子。中国人自古有"数九"的传统,冬至正好是数九的第一天,在古代,这一天皇宫里会每宫贴出一张"九九消寒图",这图中有九个字"庭前垂柳珍重待春风",这九个字每个字都是九笔,一个字代表一九,每天填写一笔,等到这九个字被填写完了,"数九"也就结束了。选择这一天动笔,既有诗情,又合古意,再加上书的名字是《沐雪》,从冬至这一天开始,真是再好不过了。

开弓没有回头箭,虽然从开始动笔写第一字的时候,对是否能写完这本书,还完全没有把握。但是一旦打开头脑的闸门,这么多年堆积的思绪,就一下子奔涌出来,由于是写雪,那就把和雪有关的思路一一梳理出来,建纲立章,再按照这个提纲将内容充实进去。坚持是一件不太容易的事情,一旦你决定做一件事情的时候,中间就会冒出来无数个临时的任务将这个计划打乱。由于工作的繁忙,白天来写作是不可能的事情,只能在忙完了一天的工作,夜深人静的时候,一个人在电脑前伏案疾书,开始的一个月里,几乎每天凌晨2点以后才回到家里,其中有好几个夜晚,都到了4点以后。带着这样的三分钟热度,写作还算有条不紊地推进。

1月22日开始,父母弟妹相继千里迢迢来看我,却不想遇到了疫情。由于工作的关系,从大年初一开始,我就住进了酒店,开启了每日在办公室和酒店之间两点一线的生活。父母弟妹也在我的住处居家隔离。近在咫尺而不能相见,内心十分惭愧,好在年三十那一天,我去机场接机又亲自下厨做好了年夜饭,算是度过了短暂而愉快的时光。年前也在家中备足了食物,再加上有弟妹给父母做伴,这便减轻了我内心的些许愧疚。疫情突来,防疫工作被推到了前台,每天收发文件,统筹协调,传达指示,承办会议,制作表格,撰写文稿,常常忙到晚上12点以后。防疫工作大于天,一刻也松懈不得,写作这点计划便放在忙完各项工作之后,写作任务也开始从定量变成不定量。但一旦有时间,还是坚持再写一点,2月17日,终于完稿。

这是一本写"雪"的书,选材主题单一,但是纯粹。写作时间短暂,但是集中。乌鲁木齐的冬天,雪从来没有断过,整整半年的时光,这里都是一个雪的世界。雪又是一个极好听的名字,不论是人是物,一旦名字中有一个雪字,便觉得纯净无瑕、姗姗可爱。这本书无论是书名还是章节还是每一篇的标题,全部都是一句咏雪的诗句。而书中的内容皆与雪相关,大部分直接就是写雪,剩余的一部分,虽未必直接写雪,也全部因雪而生,因雪而起,与雪相关。

  书中有历史和人物,他们中的许多已经离我们时间久远,但在历史之中能留下姓名的大多都是当时的第一流的人物,他们的理念、智慧、哲思、心态,对我们今天还有很大的意义。他们诗意的栖居、精致的生活、乐观的态度、爱国的情怀、不屈的意志、高贵的人品、独立的判断、专注的态度、惊人的毅力、几十年如一日的勤奋都在今天有很值得借鉴之处。

  苏轼曾经说过"人生到处知何似,应似飞鸿踏雪泥;泥上偶然留指爪,鸿飞那复计东西。"雪泥上的爪印会渐渐消逝,冰雪终究也要消融,这一切看似"也无风雨也无晴",但细而思之,因为雪毕竟在过,来过,也深深感动过,影响过很多人,雪或许短暂,可它的品性和精神却可永驻。

2020.2.17 于乌鲁木齐